文治
© wénzhì books

很久很久以前，在某一个地方……

むかしむかしあるところに、
死体がありました。

[日] **青柳碧人** 著 吕灵芝译

四川文艺出版社

目 录

一寸法师的

不在场证据

一

　　春姬殿下在从存生祭参诣回来的路上，遇见了鬼。存生祭是历史悠久的祭典，人们在每年的九月七日参诣神明，感怀生的喜悦，同时禁止谈论死亡。若是往年，春姬殿下会在稍早的时辰折返，但是今年被神官挽留，离开得晚了些。

　　这一带曾经是下栗村，如今只剩下残破的民宅和荒废的农田。由于早有传闻此间有妖魔出没，我等三条右大臣的家臣都倍加小心。

　　都城传来申三刻（下午四时）的钟声，那个瞬间，忽然卷起一阵腥风。天空骤然笼罩乌云，寒风令人战栗不已。伴随着雷霆一般的大笑，眼前赫然现出一个腰间缠着虎皮的鬼。它生着牛角大眼，岩石一般坚硬的身躯通体赤红，宛如脓肿。

"我道此处藤香扑鼻，原来有位可人的女子。快来让我从头到脚吃个干净！"

恶鬼张开血盆大口，通红的胳膊伸向春姬殿下。十名家臣齐刷刷抽出长刀。

"春姬殿下，请您快逃。"

我作势劈向恶鬼双腿，但刀锋如遇钢铁，霎时间断作两截。恶鬼哈哈大笑，几乎震飞周遭草木和残垣断壁。

就在这时，那家伙从春姬殿下怀中跳出来。

"喂，你这恶鬼！"

那是五日前刚到宅中奉职的男人。此人身长仅一寸有余，号称一寸法师，明明一只茶碗便能将其盖住，声音却格外洪亮。当初他来到宅中，我等家臣无不毛骨悚然，春姬殿下却说他甚惹人爱，右大臣阁下也宽宏大量，允许他成为家中下臣。今日参诣此人亦有同行，怪诞之状深得神官好奇，方使得殿下一行延误了归程。

"你是何人，为何有声无形？"

恶鬼瞪大眼睛，四下打量脚边。

"一寸法师，你想干什么？快回来！"

我等纷纷劝阻，一寸法师却充耳不闻。

"你在看哪儿，我在此处，在你大脚趾上。"

"哦，你这小人儿，还真挺小。"

"我身体虽小，但有百倍武者豪情。恶鬼，我一寸法师便是你的对手！"

哇哈哈哈！哇哈哈哈！恶鬼狂笑几声，弯下身去，拈起一寸法师衣襟。一寸法师奋力挥动针尖小刀，当然奈何不得。恶鬼被他逗乐，张开大嘴，一口将其吞入腹中。

"不够塞牙缝啊！"

春姬殿下已吓得哭泣不止，我等却毫无办法。事已至此，务必要保得殿下周全。

"谁还想被吃掉？"

我端着断刀，死死瞪住恶鬼，然而双腿瑟瑟发抖，几难站立。

"看我把你们一口吞了！"

恶鬼说完，朝我伸出了手。

"啊啊啊啊啊！"

突然，恶鬼捂住腹部，蹲下身去。我正惊愕，却听得方才被吞入腹中的一寸法师的声音。

"你这恶鬼，将我囫囵吞下便是你的死期。我正在你腹中用针刀乱刺。看招！"

"啊啊啊啊！"

恶鬼如同搁浅的巨鲸，在地上翻滚扑腾。

"可恶，你这狡猾的……"

恶鬼一通咒骂，继而吃痛翻滚，想来是一寸法师又在它腹中耍起了功夫。此人竟故意让恶鬼吞下，在其腹中施展拳脚，着实聪明。

"好……好了，我认输。"

恶鬼仰面躺倒，满脸是泪，口角流涎，认输求饶。

"你这恶鬼，定然作恶无数，这点疼痛还不足以惩罚你的行径。看我再折磨你一番，嘿，嘿！"

"啊啊啊啊。快住手，快住手。好吧，我把我的宝贝给你。"

"什么宝贝？"

"举世无双的打出小槌。"

"好吧……江口阁下，你能听见吗？"

一寸法师在恶鬼腹中唤了我的名字。

"能听见，怎么了？"

"麻烦几位，从这恶鬼的腹部推向胸口。我将趁着腹中运动，从它口中出来。"

"知道了。"

我催促其他家臣，合力揉动恶鬼腹部。恶鬼毫不反抗，看来是被一寸法师教训怕了。

过了许久，一寸法师才慢慢移向口部。恶鬼阵阵作呕，却只听一寸法师不断叫喊"还差一点""再来一下"，始终不见他出来。如此折腾下来，天色已经黑透，都城传来酉三刻（下午六时）的钟声，我等与恶鬼都等得不耐烦时，一寸法师总算从恶鬼的牙缝里探出头来。

"抱歉抱歉，方才衣服挂在喉骨上了。"

一寸法师身上满是恶鬼的胃液与口涎，散发着鱼腥味，朝我们咧嘴一笑。

二

回到宅邸，右大臣阁下正焦急等待春姬殿下归来。我等刚走进大门，右大臣阁下便与几个侍女一道快步跑来，一边喘着粗气，一边握住春姬殿下的手。春姬殿下宠爱的白猫也来到她脚旁，喵喵叫着绕圈子。

"你可担心死老朽了，这是到哪儿闲逛去啦？"

右大臣阁下今日偶染疾病，身子不太舒服。

"父亲大人，女儿没有闲逛，只是路过下栗村时遇上了恶鬼。"

本来已是面色铁青的右大臣阁下浑身一颤，周围的侍女也纷纷惊呼。

"请您放心，小春没有受伤。因为一寸法师救了我。"

春姬殿下把途中遇到恶鬼，后来得到宝物的事情一股脑儿都对右大臣阁下说了。右大臣阁下看着脚边那个小巧的男人，大声称赞："干得好！"

"这是身为家臣的职责。"

一寸法师低头应道。

"你真是个可靠的人。话说回来，那宝物究竟是何物？"

"是这个。"

春姬殿下拿出一只小槌给右大臣阁下看。恶鬼吐出一寸法师后，留下这东西与一句"把它拿走！"转身便逃进了山中。

"那鬼说，这东西叫打出小槌。"

"唔，老朽听说过这件宝贝，说是能让活物的身体变换大小？若老朽没有记错，这东西无法用在自己身上。"

右大臣阁下命令一寸法师："你且站定在此处。"随后，他对春姬殿下耳语了几句。春姬殿下点点头，朝一寸法师挥舞着打出小槌，这样念道：

"变大，变大。"

我等顿时惊讶不已。只见那小槌发出一阵黄光，将一寸法师包裹其中，他的身体渐渐变大。

"变大，变大。"

然而——变大的唯有身体，他身上的衣物却被撕得粉碎。

片刻之后，眼前不再是一个指尖大小的男人。一寸法师变成了体格健壮、全身赤裸的俊美青年。

"哎呀……"

春姬殿下扔开小槌，羞涩地捂住了脸。

"来人啊，去找一套衣服过来……一寸法师，你是个勇敢的男人，这打出小槌便由你拿着吧。"

"是。"

"既然你救了春姬，老朽便奖励你一样东西。说吧，你想要什么都行。"

赤裸的男人涨红了脸，看向春姬殿下。

"那恳求阁下将春姬殿下赐予我。"

他的话让众家臣及侍女大吃一惊。右大臣阁下顶着病容思索了片刻，点点头说："老朽看好你了。"

"老朽时日无多，正发愁后继无人。如你这般勇士，我大可放心将女儿托付。"

虽然事出突然，侍女们还是为这件喜事高兴不已。春姬殿下也涨红着脸点头答应了。可见他们两人乃是情投意合。

"事不宜迟，两日后便举行婚礼吧。"

右大臣阁下高声宣布。

三

两日后，到了九月九日。

新人之礼结束，婚宴正式开始。宅邸中传来笛太鼓的乐声和欢笑声，而我正值守门当班之日。哪怕是大喜的日子，也需要有人守门。

未一刻（下午一时），一个自称检非违使手下的人来到门前。

"在下黑三日月。"

此人笑容媚俗，背部弓起。年龄很小，只有十五六岁。

"检非违使到右大臣宅邸有何贵干？"

"你可知道自都城往东，有一个上栗村？"

"那是个坐落在川边的村落吧。"

"正是。我等同僚告知，存生祭之日傍晚，上栗村有一名男子被杀，在下正在调查此事。被杀者名叫冬吉，时年三十，尚未成婚，平日除了种田，还卖些腌菜为生。他的腌菜在村子周围略有一些好评。"

"检非违使为何会调查这男子的死亡？"

黑三日月凑了过来，压低声音说：

"此话切勿外传，据说冬吉是一位贵人与庶民女子所生之子。我等听到传闻，可能是某些担心此事败露的人派人除掉了他。"

"所谓贵人是指？"

黑三日月不作声，指了指我背后的宅邸。

"难道是三条右大臣阁下？"

"都城内外都已知晓右大臣阁下罹患重病，将不久于人世。若是这样下去，与春姬殿下成婚之人将成为其后继者。可是，万一此时冬吉出现，坚称他才是后继者，事情就会非常麻烦。"

若果真如此，的确不好对付……可我是否应该相信此人？他不仅笑容诡异，还一身邋遢，散发着奇怪的臭气。可不能放他进入右大臣阁下的宅邸。想到这里，我踏出一步，没想到黑三日月轻轻一闪，就进了大门，在我身后站住脚步。

"一会儿便出来。"

他悠然摆手，朝宅邸走去。我作势要追，双脚却不能动弹。就这么待了一会儿，便见黑三日月从里面走了出来。

"春姬殿下真是漂亮。那位堀川少将也格外英朗。"

因为已经被打出小槌变成了堂堂武士，再叫他"一寸法师"未免有些不妥。于是右大臣阁下赐了"堀川少将"这个气派的名字给他。

"今天的饭菜也很不错啊。鲷鱼和鲭鱼都那么水灵，我还是头一次见到那么大的鲇鱼。那是在哪条河里捞来的呀？"

我想起今早侍女们在厨房的喧闹。彼时我过去一看，只见堀川少将拿着打出小槌，把鲇鱼给变大了。"快把鲷鱼也变变。"侍女们吵着要他变，堀川少将就又忙活了一番，可那鲷鱼就是不变大。堀川少将解释道，想必是河里捞来的鲇鱼还活着，而鲷鱼已死的缘故。看来，打出小槌的神力只对活物管用。

将这种事说给此人，也毫无意义。

"可是他们都醉了，问不出话来。这可真让人头疼。"

"够了，赶紧走开。"

黑三日月嘿嘿笑着，凝视我的脸。

"对了，江口阁下，你真能眼睁睁地看着那家伙抢走春姬殿下吗？"

"你说什么呢！"

"你喜欢春姬殿下，对不对？"

我心中一惊。

我十二岁来到三条右大臣阁下的宅中奉职，到今年已是第十三个年头。因此，我可谓是看着春姬殿下长大的。见她出落得如此漂亮，我心中自是高兴不已，也不止一次两次为她那樱花般的笑容动了心。当然，我也无数次幻想春姬殿下有一天成为我的妻子。

"不过春姬殿下似乎也很喜欢那个人。"

"单凭喜欢哪里够呢。再说，谁也不知那个堀川少将究竟是何来历。如何，不如你给我说说他吧？"

他的口吻像是在煽动我。于是我将堀川少将，也就是一寸法师的事都说了出来——从他来到宅邸那天，直到两天前击退恶鬼。

黑三日月抚着下颚，默默地想了一会儿，好像有了想法。

"他来到宅邸是九月二日……那不是在短短五日内，就把殿下和右大臣的心都笼络过去啦？这已然不是什么长相俊俏的问题，简直是妖怪啊。"

黑三日月扭了扭脖子，继而一脸严肃地看向我。

"其实那个被杀的冬吉，九月朔日曾在家里收留过一人。与他同在上栗村的十二岁姑娘小米，那天在上游捞到一个坐在木碗里漂流的小人儿，便将他放在冬吉手上，让他带回家去了。"

"什么？那就是说，疑是右大臣阁下私生子的冬吉与一寸法师见过面？"

"对，而且事情不仅如此。"

黑三日月朝我靠近一步。

"两天前的夜里，是小米发现了冬吉的尸体，当时，冬吉家从里面支了顶门棍。屋后虽然有扇窗，但是安了木格，人无法出入。听小米的说法，那根顶门棍比较短，门推开一条缝，就再也推不动了。至于那门缝的大小，似乎正好一寸。"

这下我总算明白他为何到这里来了。这人是在怀疑一寸法师。

"冬吉具体何时死的？"

"九月七日申三刻的钟声响起时，冬吉走到正在河边打水的小米身边说：'我泡好了萝卜，分点儿给你吧。酉三刻到我家来拿。'小米照他说的时间过去时，冬吉已经死了。"

"嗯，由此可见，一寸法师并非凶手。"

"此话何解？"

那人头一次露出惊讶的神情，于是我告诉他："九月七日申三刻到酉三刻，那段时间一寸法师一直待在鬼的腹中。"

黑三日月愣愣地看着我，随即哈哈大笑。我甚至担心他的笑声会传到宅子里去。

"这下有意思了，太好玩儿了！"

"有啥好玩儿的？"

"江口阁下，你要在这儿站到几时？"

黑三日月无视了我的提问，径自问道。

"还有一会儿就结束了。"

"那我先到前面菅原阁下的宅子前打发时间，你换了岗就过来吧。我们一块儿到上栗村去。那可比婚宴有意思多了。"

说完，黑三日月不等我回答，便快步离去了。

四

原本我也不必在意那小子，只不过当我走进宴会大厅，已经是人人烂醉，谁也没发现我进来了。我本就不会喝酒，此时更觉得无趣，便走出宅邸后门，朝菅原阁下的宅子走了过去。黑三日月等在那里，高兴地朝我举起手，于是我们两人马上移步上栗村。

"对了，江口阁下。"

不知走了多久，黑三日月突然问我。

"从申三刻到酉三刻，足足有一刻（两小时）。一寸法师真的一直待在鬼肚子里吗？"

"嗯，不会有错。申三刻的钟刚敲响，鬼就现了身，不一会儿就把他吞了下去。他在腹中拳打脚踢，恶鬼立刻投降，只是从鬼口中出来花了不少时间，一直忙活到酉三刻钟声响起。"

"下栗村与上栗村相隔并不远，步行往返也用不上半刻（一小时）。"

看来，此人就是想把一寸法师设计为凶手。

"就算再怎么近，人在鬼肚子里也无济于事。"

"鬼身上又不止一个出口，不是还有屁眼吗。"

按他的说法，我们忙着揉肚子把一寸法师挤出来的时间，一寸法师已经从鬼屁眼里钻出来，一路跑到上栗村，拉开一小条门缝，把冬吉杀了，又跑了回来。

"鬼身上不是只有一张虎皮围裙吗？从屁眼出来想必轻而易举。江口阁下，你们当时应该都顾着看鬼的嘴，加上傍晚本就昏暗，就算没注意到一寸法师从屁眼出来，也不奇怪啊。"

我看着一脸严肃的黑三日月，心中不禁哑然。

"若是穿过了肠胃，岂不一身臭味。"

"他杀了冬吉回来，再次钻进屁眼，顺着肠子穿过胃部和喉咙，此时腥臭味应该盖过了肠臭味。"

的确，一寸法师从恶鬼口中爬出来时，身上带着一股腐鱼的臭味。但我还是不能就此信服。

"我们揉鬼肚子的时候，鬼一直痛苦万分。而且，腹中不时还会传来一寸法师的声音。"

"是这样吗……"

黑三日月想了一会儿，又露出了那个诡异的笑容。

"果真很有意思，我们快走吧。"

这人真是奇怪。

*

上栗村坐落在河边，村子虽小，人却挺多。

冬吉家就孤零零地建在村子边缘，房子虽然简陋，一个人生活也足够了。房子附近有个小灶台，可见他是在外面生火做饭的。

走进门板被拆坏的入口，有个东西挨到我脚边来了。那东西抬头看着我，原来是一只比从泥沼里拽出来的草鞋还脏的猫。嘘、嘘，我朝它摆摆手，猫叫了一声，跑开了。

"江口阁下，你在干什么，为何不进去呢？"

在黑三日月的催促下，我走了进去。

两张简陋的草席直接铺在土地上，前面那张草席两头的长绳就这么耷拉着。除了草席，就只能看到破陶器里化成一团的蜡块、翻倒的酒壶、屋子角落的旧茶箱、一口脏锅和破了口的碗。本来应该有个水缸，不过屋子旁边就是河，恐怕不需要吧。

"冬吉就是这样仰面倒下的。"

我回过头，黑三日月已经在草席上躺了下来。他头朝屋门，脚朝窗户。我突然对草席下面的东西产生了好奇。好像是杉木之类的木头拼成的大板子。

"那是什么？"

"好像是什么盖子，不知底下有啥？"

黑三日月鱼跃起身，掀开草席打开了木盖。原来地上挖了个洞，里面摆着三个缸子。盖子一掀开，就冒出一股糠的气味。

"哦，我方才不是说冬吉靠卖腌菜为生吗，这想必就是腌菜的缸子。"

"原来如此。"

我觉得那几个缸子不值得查看，便把目光转向砸坏的屋门。顶门棍就落在一边。

"若是一寸法师将冬吉杀害，他为何要让顶门棍撑在门上呢？"

黑三日月面露疑惑，好像不懂我的意思。

"若房门只能开一道缝，那不就等于承认自己是凶手吗？"

"嗯，的确如此。"

"可能凶手另有其人，故意把屋子布置成这样，好嫁祸给一寸法师。"

"可是那样一来，凶手必须知道冬吉与一寸法师有关系。"

"说不定……"

就在这时，一个十二三岁的姑娘从门口探出了头。

"你莫不是小米姑娘？"

黑三日月问。

"我是。你们在查冬吉哥的事情吗？"

"对。这位是检非违使江口景末阁下。我是他的手下，名叫黑三日月。"

他把我介绍为检非违使，想必是为了免去解释的麻烦。

"我们听闻，是小米姑娘最先发现了冬吉的尸体。"

"是的。"

"你可以将当时的情景告诉江口阁下吗？"

"啊，嗯，可以啊。"

小米的回答让我暗自生疑。我记得黑三日月是听另一个手下说了这起案子。如此一来，小米应该已经对那个人说了发现冬吉尸体的经过。可是这姑娘却好像第一次被问到这种事。

"哦，对了。"

黑三日月双手一拍，似乎要将我的疑问拍走。

"你最好从朔日夜里住在冬吉家的那个小人儿说起。"

小米乖巧地点点头，然后说了起来。我还是难以释怀，不过选择侧耳倾听。

"九月朔日下午，我正在河边洗衣服，看见上游漂来了一只木碗。碗里坐着个指头大小的男人，拿筷子当船棹，朝我这边划了过来。他叫我把碗捞起来，我就停下手上的活儿，把碗捞起来了。"

那人问："这里是京都吗？"小米告诉他离京都还有点距离。他又问："你今晚能让我留宿一夜吗？"小米回答：她与母亲二人相依为命，日子过得紧巴巴，实在没什么东西可招待。就在这时，冬吉在背后喊了她一声。

"我把事情原委说了，冬吉哥便把那小人儿邀请到自己家，还将他托在手掌上带了回去。"

"冬吉没觉得那小人儿奇怪吗？"

"他可能觉得小人儿有点可爱吧。因为冬吉哥一直很喜欢青蛙、壁虎这样的小东西。"

可能一寸法师也属于那类吧。小米又说。

"后来天黑了，我心里惦记着小人儿，决定去冬吉哥家里看一眼。走到屋旁，我听见冬吉哥和小人儿在说话。我明知道这样不好，还是忍不住把耳朵贴在墙上偷听。结果，冬吉哥竟说了一件不得了的事情。"

"不得了的事情？"

"他说自己是三条右大臣阁下的私生子。"

黑三日月看了我一眼。

"右大臣阁下身体不好，恐怕已经命不久矣的传闻也传到了上栗村。若是右大臣阁下去世了，寻找后继之人恐怕很难。因为他跟正妻只有春姬殿下这个女儿，还没有成婚。于是冬吉哥说，等到右大臣阁下去世，他会表明身份，尝试夺过家主之位。"

想不到冬吉住在这样的陋室里，依旧拥有着勃勃野心。

"结果那个小人儿说：'我很想助你一臂之力，可是如你所见，我这样的身躯派不上用场。'冬吉哥听了，就把下栗村的鬼有一把打出小槌的事情说了出来。"

"什么？"

我吃了一惊。原来一寸法师在进入宅邸前，已经知道下栗村有恶鬼出没，而且还知道鬼有小槌！

"小人儿听了这件事特别高兴，还问冬吉哥有没有好办法把鬼引出来，然后打听到了藤花香。"

"藤花香？"

"这一带尽人皆知，住在下栗村的鬼喜闻藤花香。甚至有规定，若是万不得已要经过那里，身上绝对不能带有藤花香的东西。鬼的鼻子比人好使多了，平时万万要注意。"

"原来如此。那么反过来说，只要有那么一点藤花香，鬼就很可能会现身，对吧？"

黑三日月边说边朝我这边瞥了一眼。这么说来，鬼好像的确说过"我到此处藤香扑鼻"。

黑三日月重新看向小米。

"后来他们两人又说了什么？"

"我后来没站稳，一头撞在墙上，忍不住叫了一声。只听见屋里传来冬吉哥问是什么人的声音，我心里害怕，觉得自己干了坏事，就拼命逃回家了。所以，那天晚上的话我只听到这些。"

黑三日月点点头，继而让小米说说九月七日之事。申三刻钟声响起时，小米去打水，冬吉叫她过后去家里拿腌菜，这些都与黑三日月听来的内容无异。

"我就按冬吉哥说的，等酉三刻钟声响了便去他家，只见房门开了一寸有余，里面还露出光亮。我喊了一声，顺着门缝朝里看，发现屋里点着蜡烛，冬吉哥脖子上缠着草绳，面目骇人地倒在地上。我顿时慌了，想拉开屋门，但无论怎么使劲，都只能拉开一寸大小的缝。我只好回家，第二天找村里的男人说了冬吉的事。男人们砸开屋门，眼前赫然就是一具尸体。"

我心中浮现一点疑问。

"为何你发现尸体那晚没有去找人，而要等到转天？"

"因为九月七日是存生祭。"

我一听，心里就明白了。存生祭当天禁止谈论死人。像她这种村野小姑娘也能遵守规矩，叫人忍不住要赞赏。

"的确如此。你往下说吧。"

"是。冬吉哥脖子上缠着绳子，缠得可紧了。他衣服上散发着酒味，可能是喝醉了不慎洒在身上，也可能是遭到袭击时抵抗导致，总之他的右手没有穿在袖子里。村里人办了简单的葬礼，然后男丁就把冬吉哥抬到墓地埋了。"

"谢谢你，小米姑娘。你可以回去了。"

黑三日月说完，小米低头行礼，转身走了。

"江口阁下，你怎么想？一寸法师是否可疑？话说现在还没到藤花的季节，不知江口阁下可有线索？"

"右大臣阁下嗜好香道。"

宅中一角有一间香房，里面堆满了各种熏香。当然，家中之人都熟知此事，况且一寸法师身体细小，要潜入那香房偷取藤花熏香，应该易如反掌。

可是存生祭当天，我并不知一寸法师是否带着藤花香。春姬殿下及随从之人都未提起此事。

"那一寸法师必定散发着淡淡的藤花香，只是江口阁下及其他人未能察觉。他想必早打好了诱鬼现身，钻入其腹中令他投降的算盘。这样不仅能立下功劳，得到右大臣阁下赏识，还能用打出小槌将身体变大，娶春姬殿下为妻。若是如此，给他提供这些信息，又是右大臣阁下私生子的冬吉便成了累赘。若是他起了杀意，也毫不奇怪。"

我也对一寸法师——堀川少将越发怀疑了。然而，有件事令我百思不得其解。

"黑三日月，存生祭当天去杀冬吉恐怕不太可能。那家伙明明在恶鬼腹中，我就能证明。而且，一寸法师身体如此细小，如何用绳索勒住冬吉的脖颈？"

黑三日月沉吟片刻。

"若一寸法师与鬼共谋，阁下觉得如何？若是鬼，或许可以发出不同腔调，假装一寸法师真的在它腹中。"

这话说得太惊人了。

"别说蠢话。"

"那么，不如我们去下栗村看看？"

"为何要去？"

"去向鬼质问事实。"

五

两日前才到过的下栗村悄无人声，显得格外诡异。

黑三日月仿佛熟知道路，顺着废屋之间杂草丛生的小路左弯右绕，不一会儿便来到了断崖前面。那悬崖底下有个大洞，里面似乎幽深曲折，黑得看不见尽头。

"喂，鬼啊！快出来，鬼啊！"

黑三日月反复喊了几声，洞内传来一点动静，赤鬼竟走了出来。一见到我便低声惊呼，想往洞里走，可见上回一寸法师给了它不少教训。

"等等，鬼啊！"

我将它叫住。

"饶了我吧，我再也不作恶了，也没有什么值钱的东西给你们了。"

赤鬼真没骨气。黑三日月呼呼地喘了几口气，不知为何，鬼好像被吸引了一般，从洞里走了出来。

"我等这次前来，是为了询问九月七日存生祭的事情。我等申三刻经过村庄时，可是你跳了出来？"

"唉，是的。我闻到了好闻的藤花香，还混着人肉的香味，就忍不住了。"

鬼听了我的提问，点头哈腰地应道。果然，藤花香是引子。

"你把一寸法师吞入腹中，却被他在里面拳打脚踢，于是投降了。其后，我等揉着你的肚子将那家伙弄出来，花了将近一刻时间，此间，那家伙一直待在你腹中吗？"

"那……那当然了。你没见我一直喊疼吗？"

"那家伙没有从你屁眼钻出去，然后又钻回来吧？"

"那怎么可能。你不是也听到那家伙在肚子里说话了吗。啊啊，够了，我不想再想起他了。"

它明明是个赤鬼，此时却面色铁青，浑身颤抖起来。虽说是鬼，这副模样也显然不是在撒谎。

鬼弓着背，走进洞里消失了。

"那么，一寸法师应该一直待在鬼肚子里吧？"

"是啊。"

黑三日月如此回答，不知为何竟有点高兴。

"江口阁下，关于那根过短的顶门棍，应该正如阁下所言，是他人伪装成'一寸法师杀了冬吉'的样子。"

"什么？那你是说，一寸法师并非凶手？"

看到黑三日月推翻了自己的说法，我顿时疑惑不解。只见黑三日月说："我都明白了。"然后将他推测的行凶过程对我说了一遍——那番话实在过于奇妙，让我一时难以接受。

六

"江口阁下，江口阁下。"

我听见有人叫喊，便睁开眼睛。此处是我平时居住的宅邸家臣房，只是到处都充斥着酒味。婚宴结束后，除我以外的家臣依旧留在原处喝酒作乐，不会饮酒的我先行回房睡下了。想来是夜深之后其他人也睡下了，屋子里一片漆黑，没有烛火。

"江口阁下。"

我向发出声音的方向一看，立即大惊失色。黑三日月竟端坐在枕边。我霎时间跳了起来。

"你怎么进来的？！"

去下栗村找鬼问完话之后，这小子的推测过于荒唐无稽，惹得我不想理睬他，便回到了宅中。

没想到他竟趁着夜色潜了进来，真是恬不知耻。

"江口阁下，你听我说。方才我的同僚自近江国返回，带来了一个消息。"

"是何消息？"

"是一寸法师的身世。那家伙果真是个大恶棍。"

然后，黑三日月便道出了这番话：

"近江国有一对老夫妻，苦于长年不得子，去神社诚心祈求，终于得一男孩，然而此子身高仅一寸有余。老夫妻并不在意，将此子命名为一寸法师，悉心养育。一寸法师欲与周围孩童玩耍，无奈身材矮小，常被欺侮，导致性格扭曲，平时或用钢针刺犬目，或趁夜挖出农作物，可谓无恶不作。

"随着年龄增长，一寸法师作恶之态越发超出寻常，开始潜入他人家中偷盗。由于其行为恶劣，今年八月末，村长将一寸法师唤出，对其一顿斥责。一寸法师不但不反省，还在当夜潜入村长家中，挖开米仓，使稻米尽数流入河中。而那稻米，本是上交都城的租税。"

"竟然如此……"

若是交不上税，村子就会遭到严罚。可以想见村长得知情况时必定惊慌失措。

"村民无法饶恕这等恶行，便怒而愤起要将一寸法师杀之而后快。老夫妻慌了神，便给了一寸法师木碗作舟、筷子作棹，将他放入河中。村民察觉事情有变，连忙追赶过去，最终未能追上……不仅如此，追赶过去的村民们都听见了一寸法师顺水离开时留下的可怕诅咒。"

"诅咒？"

"今日结下大仇，待我到京都出人头地，必将这村庄一把火烧尽——"

我听得膝盖发软。

"那人若与春姬殿下结为夫妻，必然成为下一任右大臣。近江国的那个村庄恐怕难逃大劫。"

"不仅如此。此子生性邪恶，妖异非常。天下社稷恐为其所害。江口阁下，如今只能依靠你了。请你在三条右大臣阁下面前揭露此子罪状，将其严惩。"

"可是，你的说法未免过于蹊跷……"

"待到天亮，请你再去上栗村寻找证据。拜托了。"

黑三日月凑过来，目不转睛地凝视着我。他的双眼比白天更显浑圆，还闪烁着微光。

"那么，今夜就此告辞。"

只见他动作轻盈地站起，跑向庭院。

"喂！"

我喊了他一声，然而声音已经无法传到他耳中。

七

黑三日月的目光一直在我脑中，驱之不散。于是第二天一早，我乞得一日休假，独自往上栗村而去。冬吉家的木门依旧倒在地上，里面摆着蜡烛、酒壶、茶箱与碗碟，还有两张草席，悄然没有人气。

我寻摸了片刻，找不到什么证物。这可不行，只能放弃了。

"打扰了。"

门口传来声音，我转过头，发现那是个胡髭饱满的高大男人。

"在下检非违使浮桥元辅。请问阁下是？"

"在下三条右大臣之家臣，江口景末。"

"哦，那么阁下已经知道此处死去的男子乃右大臣落胤？"

我点点头，简单说明了此前的经历。其间，浮桥面露惊疑之色。

"唔，阁下讲述之事与在下所知无异，然而有一点，在下不甚清楚。那黑三日月究竟是谁？"

我吃了一惊。

"怎么，阁下不知道吗？"

"是的。冬吉乃三条右大臣阁下落胤之事，我等早有耳闻，然而此人三天前被杀害一事，乃今日清晨有人报官方才得知，所以我才前来查看。"

浮桥描述的报官之人无疑就是黑三日月。原来那人并非检非违使的手下，而且检非违使今日才得知冬吉被杀之事。

那人知道赤鬼住处，又有本事潜入宅邸，还能打听到近江国的消息，着实不可思议……我正想着，忽闻小屋中传来动静。我与浮桥对视一眼，开始寻找传出声音的所在。声音似乎来自存放腌菜的地洞，于是我掀开草席，取下木盖，只见离腌菜缸口一尺有余的地方，趴着一只硕大的壁虎。

"这东西怎么会跑到这种地方来？"

浮桥语气嫌恶，那壁虎却悠然自得，缓缓爬到腌菜缸之间隐藏起来，似乎在嘲笑我等。

"壁虎能长到如此之大吗？"

"在下也不清楚，可能吃了格外肥美的食物。"

我用玩笑话回应了浮桥的疑问，心中突然想到黑三日月的推断。线索似乎连成了线。

"原来如此！"

"阁下怎么了？"

浮桥面露惊诧，我看向他。

"浮桥阁下，能否请您马上到三条右大臣宅邸去一趟？"

"为何？"

"我要向你揭露杀害冬吉之人。"

八

这里是昨日刚举办过婚宴的大厅。我与浮桥面前坐着三条右大臣阁下，其右侧是春姬殿下，以及刚刚成为她夫婿的堀川少将———一寸法师。

"江口，你专门把检非违使领上门来，还把我叫到这里，究竟有何事要说？"

右大臣阁下边说边咳嗽，看来今天身体也未有好转。

"请恕卑职唐突，此事有关上栗村的冬吉。"

尚未等我开口，浮桥就抢先说了。右大臣阁下闻言，脸色阴郁下来。

"我等得报，三天前冬吉已经遭人杀害。"

"什么……"

右大臣阁下面露悲痛之色。春姬殿下似乎已经知道自己有个异母的兄长，此时也垂下了目光。

"那么，凶手可找到了？"

"是。"

回答右大臣阁下的人并非浮桥，而是我。然后，我指着那个人的脸，斩钉截铁地说：

"就是那位堀川少将。"

右大臣阁下与春姬殿下大吃一惊。

"此人虽然一身锦绣衣冠坐于高堂之上，实际在其故乡近江国，乃是出了名的恶棍。"

我将黑三日月昨夜告诉我的一寸法师冲走租税稻米之事尽数道来。说到一半，右大臣阁下与春姬殿下显然心生动摇，然而堀川少将本人泰然自若，还以手掩嘴，呵呵笑了两声。

"或许以前确有此事，然而那些都已过去。我自从来到宅邸，早已洗心革面。更何况，我并未见过那个叫冬吉的人。"

"九月朔日，你从上游随水漂来，在冬吉家住了一夜，附近的小米目睹了全程。而且，小米还听见了你与冬吉当天夜里的对话。"

堀川少将眉头一颤，我假装没注意，看着右大臣阁下继续说道：

"那天夜里，冬吉坦白自己是右大臣阁下的私生子，欲在右大臣阁下去世后登堂入室，将宅邸据为己有。堀川少将听闻下栗村有鬼出没，以及打出小槌的消息，便表面上协助冬吉，求他事成之后将自己列为家臣，实则盘算着让身体变成普通人大小，成为春姬殿下的夫婿，将右大臣阁下的家业收入囊中。由于冬吉知道一切，所以才惨遭杀害。可见此人乃何等残忍狡诈之辈。"

"江口阁下，注意你的言辞。"

堀川少将插嘴道。

"也不知那小米姑娘的言辞，究竟有几分可信。"

"哦？"

我斜眼看了看堀川少将。

"在下未曾透露小米是个姑娘，敢问阁下如何知晓？"

堀川少将沉默片刻，马上笑了起来。

"小米可不就是女人的名字嘛。再说了，江口阁下，那个冬吉乃九月七日被杀，只是不知在什么时辰？"

"小米发现冬吉倒在家中，正好是酉三刻。冬吉生前最后见到的人也是小米，时辰是申三刻。"

"九月七日的申三刻到酉三刻，那不正是我在鬼腹中的时间吗。难道说，江口阁下没有听到我在腹中发出的声音吗？"

他果然对自己缜密的不在场证据拥有绝对自信。为了打碎他的自信，我笔直地看向了堀川少将。

"九月七日酉三刻被小米发现时，冬吉还活着。"

"这……这是怎么回事？"

右大臣阁下面无血色，我旁边的浮桥也大吃一惊。

"如今变成堀川少将的一寸法师，事先与冬吉商量好了。"

*

"存生祭前日，也就是九月六日的深夜，一寸法师悄悄离开宅邸，前往冬吉住处，谎称'右大臣阁下有意除掉你，不日将派刺客前来'。见冬吉心生惊恐，一寸法师趁势提议，他可以先刺客一步，假装自己死了。他可能说：'明日酉三刻，你把小米叫到家中，在小米来时，先在脖子上缠好绳索，假装遭人杀害。'"

"可是，如果有人来了，不就瞬间暴露他是装死？"浮桥问。

我将目光转向浮桥，换上了敬重的语气。

"七日是存生祭，禁止谈论死者。小米恐怕会一直瞒着这件事，直到第二天才告诉别人，期间足够冬吉藏身。若一寸法师这样说，冬吉想必也会赞同。"

"嗯，的确如此。就算没有尸体，只要有小米做证，人们也会认为冬吉死了。"

我继续道：

"在七日天亮之前，一寸法师回到宅邸，等到参诣的时辰。果然如他所料，神官对他万分好奇，耽误了殿下返程，经过下栗村时已是傍晚。申三刻钟声敲响之时，恶鬼应声而出。于是一寸法师从春姬殿下怀中跳出去，向恶鬼挑衅，让它将自己吞吃入腹。而且哪怕恶鬼投降，他也没有马上出来，一直等到了酉三刻钟声响起。"

"阁下是在开玩笑吧。"

堀川少将双手轻敲地板。

"那一带尽人皆知，下栗村的赤鬼喜好藤花香。你也听冬吉说了，只要带着藤花香气经过，那鬼必然会现身。至于右大臣阁下嗜好香道，恐怕算是你的侥幸。你偷走藤花香，让自己沾上普通人闻不到，但是恶鬼能闻到的微弱香气。浑然不觉被你操纵的赤鬼就这么把你吞了下去。与此同时，冬吉在上栗村，按照计划假装死去，让事先叫过来的小米发现了。就这样，你拥有了身在鬼腹的不可动摇的证据。"

"怎么会，我那天身上没有一丝藤花香。对了，当时我穿的衣物都还扔在院子里，你去闻一闻便……"

"想必不行。"

我摇摇头。

"鬼的胃液和涎水已经掩盖了藤花香。你这人着实狡猾。"

"你怎能无凭无据这样说我。右大臣阁下，这些都是江口阁下的一派胡言，请您让他立刻闭嘴。"

右大臣阁下方才一直看着堀川少将，此时又转向我。

"江口，你继续。"

"是！"

我低下头，面朝右大臣阁下继续道。

"堀川少将可能想，右大臣阁下还要过一段时间才愿意将春姬殿下许配给他。但是没想到，他击退恶鬼拯救春姬殿下的壮举令右大臣阁下当场答应了婚事。于是堀川少将按照计划，当天深夜溜出宅邸，还到厨房偷了酒水，前往上栗村意图杀害冬吉。这里，他的计划出现了第一个破绽。"

"什么破绽？"

右大臣阁下探出身子问道。

"冬吉虽然听从了一寸法师的计划，但可能并非完全信任他。因此，他装死时特意用一根较短的顶门棍顶住家门，留出了普通人进不去，但身长一寸者能够进出的缝隙。他想留下信息，若是自己真的被人杀害，凶手便是能够穿过那道缝隙之人。"

堀川少将似乎啧了一声。

"堀川少将没有预料到这种情况，可是，若第二天人们看见冬吉门上没有顶门棍，那就证明是冬吉自己起来拿掉了棍子，也就是说，小米发现冬吉时他还活着。如此一来，一寸法师的不在场证据就会泡汤。于是，他只能选择维持不在场证据，让棍子顶在门上，进去杀死冬吉。或许他要了太多小聪明，对自己在鬼腹中的证据过于自信了。"

堀川少将涨红了脸。

"既然有顶门棍，已经变大的我又如何进去？"

"因为你有打出小槌。"

"好吧，好吧，我知道江口阁下想说什么了。我杀了冬吉之后，用棍子顶住门，将自己身体变小，走到屋外，再变回普通人大小，对不对？那么我要提醒提醒你那颗健忘的脑袋，打出小槌的法术无法施展在自己身上。难道说，我还有帮凶吗？"

我摇摇头。

"你一瞬间就想到了独自将冬吉杀死在他家中的办法。所以说，着实是个狡诈之人。"

说完，我将随身携带的包裹打开，呈到右大臣阁下面前。

"请看，这是冬吉家的草席，两端连着格外长的细绳。变成普通人大小的一寸法师先将顶门棍拿掉，走进屋里，让冬吉喝酒，然后趁他饮酒的空隙，将细绳的一端投向窗外，另一端投向门外。因为那个破房子里只有一根蜡烛照明，冬吉可能没注意到他的举动。待到冬吉喝醉，一寸法师便找个借口走了出去，比如'我去准备暂时藏身的地方，你稍等片刻，大可以睡下，我回来再叫醒你'之类。另外，他也没忘了提醒冬吉把房门顶住。冬吉死后的衣物上散发酒臭，可以推断他那时已经酩酊大醉，连酒都端不稳。于是，正如一寸法师所料，冬吉躺在草席上睡着了。一寸法师见状，拿着打出小槌从屋后的窗格子里把手伸进去，对冬吉喊了'变小，变小'"。

"原来如此！"

检非违使浮桥双手一拍，惊叹道。

"等到冬吉变得足够小，他就绕到门前，用方才扔出来的细绳把草席、衣服和冬吉拽到了外面。"

右大臣阁下毛骨悚然地闷哼一声，旁边的堀川少将却笑了起来。

"你想说我就这样把冬吉变回来，然后杀了他吗？江口阁下，你可忘了厨房的鲷鱼和鲇鱼？打出小槌无法改变死物的大小。若是把他杀了，就无法放回屋子里。若不在杀之前把他变大，那么即使能放回去，也无法恢复原来的大小。"

这是我昨天听黑三日月的推论时，自己也提出过的疑问。现在只原样给出黑三日月的解答便可。

"你将冬吉拖到外面，并没有立刻杀害，而是将一根恰好能勒紧脖子的绳圈，套在了变小的冬吉的脖子上。接着，你把冬吉放回草席，绕到屋后去拉扔到窗外的绳子。草席带着变小的冬吉回到屋里，你又将打出小槌伸进去，念起了'变大，变大'。"

"竟然……！"

第一个惊呼的人，是方才一直没说话的春姬殿下。

"若是那样，脖子在大小不变的绳圈里越变越大，不就要被勒住了吗？"

春姬殿下双手掩口，面色苍白。我看着她，点了点头。小米说冬吉的尸体上套着绳索，其实并非绳索勒住了脖子，而是脖子在绳圈里变大，把冬吉勒死了。

"而且死去的冬吉右手臂没有套在衣袖上。可能在变大的过程中，左手顺利伸进了衣袖，右手却没能伸进去。不知你是否察觉了这点，不过即使察觉了，你也无能为力。"

"侮辱！他这是在侮辱我！"

堀川少将猛然站起，急切地看着右大臣阁下。可是右大臣阁下满面疑容不散，于是堀川少将又转过来盯着我，咬牙切齿地怒吼道：

"你有什么证据证明我做了那种荒唐事？！"

"浮桥阁下，请拿出那样东西。"

浮桥点点头，掀起身边那件东西的盖布。那是一个竹笼，里面关着硕大的壁虎，目不转睛地盯着我。

"此物来自冬吉家地底的腌菜缸。请问右大臣阁下，您可曾见过如此硕大的壁虎？"

右大臣阁下摇了摇满是汗水的头，低声道：

"世间怎可能有这样大的壁虎……除非用了打出小槌。"

看来，右大臣阁下与春姬殿下都明白了。凶手将冬吉变回原来大小，试图将其杀死时，这只壁虎就在草席附近。

"可以说，这就是使用打出小槌行凶的最大证据。诸位，打出小槌乃是举世无双的宝物。小米的话可以证明，冬吉在九月七日申三刻还活着，而当时打出小槌还在赤鬼手上。其后，打出小槌由春姬殿下保管，再后来，它就一直在身体变大的堀川少将手上。因此，凶手是……"

"闭嘴！"

堀川少将大喊一声，朝我扑过来，继而骑在我身上，试图绞住我的脖颈。

"就差一点了！就差一点了！"

他那副原本俊美的面庞已经不知所踪。

"你一直在这么气派的宅子里奉职，如何了解我的苦衷，如何了解我这生在贫穷村落，因为身体太小而受尽欺凌的人！"

他那双充血通红的眼宛如狒狒，龇牙咧嘴的模样好似猛虎。果然，此人就是妖异。

"堀川少将，还不住手！"

"少啰唆！"

堀川少将撞开浮桥，逃向庭院。

就在那个瞬间，院子里飞出一团白色的东西，轰地击中堀川少将的脑门。

"呃……"

堀川少将倒在地上，呈大字形昏了过去。浮桥立刻将其压制，迅速捆绑其手脚。由于脑袋砸在地板上的冲击，堀川少将已经翻起了白眼。

结束了……在疲劳与释然中，我又心生疑问。方才那团白色的，究竟是什么东西？

只听见"喵"的一声。

仔细一看，原来一只白猫走到了春姬殿下身边，蹭着她的膝盖，仿佛在安慰瑟瑟发抖的主人。那是春姬殿下一直宠爱的猫。

白猫跳上春姬殿下的膝头，朝我看了一眼。我现在才发现，那猫的前额竟有一块三日月①形状的黑色花纹。

我猛然想起初次造访上栗村时过来蹭我双腿的脏猫。向黑三日月告知冬吉之事的同僚……想必，去近江国打探消息的，也是那样的同僚吧。

"原来是你啊。"

我低声喃喃，猫又高兴地喵了一声。此时此刻，我与保护主人不被妖异所伤的骄傲家臣，分享了这份喜悦。

---

① 指阴历初三夜或在这日前后两天的月亮。

开花死者的

留言

一

好冷好冷，冷得受不了。爷爷，您记得吗？我跟您见面那天，也是这样冷。

那天，我饿得快要死了，漫山遍野找吃的，哪怕有颗橡子也好。我从邻村出来，翻过山包，顺着小路一直往山下找。可是我跟别的狗不一样，天生鼻子不好使，分辨不出食物的气味。记得当时山上的草木都干枯了，周围全是落叶。

突然，前方的草丛里传来一点动静。我还以为是熊，吓得绷紧了身子，没想到竟是一个人探出头来。那人衣衫褴褛，面色如土，毛发看似好久没洗，还沾满了泥污。

"我肚子饿，三天没吃饭了。"

我对那个人说。反正无论说什么，人类也只能听到汪汪叫。可是那个人却回答：

"三天算什么，我已经五天没吃了。"

"你能听懂我说话吗？"

"不知为何，我一直能听懂野兽之言。不过你找我要吃的也没用，我也想趁自己还活着，再饱饱吃上一顿大米饭啊。"

男人看向山麓。枯草的缝隙间露出了倒扣的碗状山丘和川流。河上架着一座结实的木桥，对岸有个村落。

"今天好像挺热闹，刚才我见城主过去了，可能是祭典。到那里说不定能要到吃的。"

"你不去吗？"

"我不能再越过那条河了。好了，你赶紧去。"

我觉得他很可怜，不过还是下了山，到了桥那头。那桥很气派，散发着新木材的气味。我有点期待，村子说不定很富庶。走着走着，渐渐听到很多人声，前面出现一道破烂围墙，里面是个陈旧的寺庙，果然像在搞什么祭典。于是我走了进去，然后怀疑自己的眼睛出了问题。

院子里生了几株樱树，其中一株竟在隆冬时节开出了满树樱花。

见此情景，村民们无不雀跃欢呼。

"哈哈哈，漂亮，漂亮。"

大笑的人衣冠楚楚，骑着一匹白马，正是城主大人。他的武士随从和侍女，甚至衣着简陋的村民都高兴地拍起了手。

"那我就再露一手。"

一个人喊着又爬上了旁边的枯树。爷爷，那人就是您。那时树下还有个婆婆，担心地看着您。我很好奇，就混在人群里看热闹。爷爷站在一根粗壮的树枝上，从夹在腋下的箩筐里抓起一把灰，撒向枝头。

"枯木枯木，快快开花！"

枝头霎时开满了灿烂的樱花。围观的人大声喝彩，我也忘了肚子饿，看得入了迷。爷爷又让许多树枝开了花。而且不仅是樱花，从爷爷手里掉落的灰撒在樱树脚下，让蒲公英和紫罗兰都开了花。我感觉春天仿佛来到了眼前，心里特别热乎。

"好了，好了，在这大冷的天里，看得真够尽兴。我很满意。"

城主大人说完，把爷爷叫了过去。

"老头，我要奖赏你。过后我派人给你送金银财宝，你就等着吧。"

是！爷爷低下头，城主大人连连称好，高兴地在随从的簇拥下回去了。村民们送走城主，也高兴地围在爷爷身边。还有个面容凶煞，一脸胡子的人对爷爷说：

"请你到我家来，让祖宗传下来的棣棠开花好吗？"

此时我想起自己还饿着，不过已经知道该去哪里了。因为我想，爷爷您一定会用城主大人的奖赏办一场盛宴，或许我也能要到许多吃的。于是我打发了剩下的时间，等到天黑便去了那座门前有个松树墩的房子。

没想到，里面没有传来歌舞喧嚣，反倒异常安静。我正奇怪，却听见后面传来一个声音。

"小白，是你吗小白？"

我回过头，发现说话的人就是爷爷。他还抱着一捆枯枝。

"你回来了呀。"

爷爷双眼瞪得像盘子一样大，定定地看着我。我不明白他在说什么，又不想放过吃上饭的机会，就汪汪叫了一声，用头去蹭他的腿。这是那些猫最拿手的招数。他拉开屋门，朝里面喊了一声：

"老太婆，小白回来啦！咱们不仅取悦了城主大人，还找回了小白，今天真是太高兴了！"

"说啥胡话呢，怎么可能？"

从屋里走出一个小个子的婆婆。我想起来，她就是白天在树底下忧心忡忡地看着爷爷的人。她看见我，先是吃了一惊，但是很快就比爷爷更平静了。

"真的好像。但是老头子，你仔细看，它的尾巴尖是白色的呀。小白只有尾巴尖是黑色的。"

"唉，你这么一说，还真是。"

爷爷虽然很遗憾，但还是看着我笑了。

"你饿了吧，快到屋里来，我给你饭吃。"

"老头子真是太好心了。"

两人把我领进了屋子里。

"老太婆，你又把草鞋乱扔了。脱的时候朝外摆好，下次出门不就能一下穿上了吗？"

爷爷把柴火放在角落里，拾起朝着屋里的奶奶的草鞋，转过来朝外摆好了。

"老头子真是的，太细心了。"

"大家都这样。"

爷爷给奶奶摆好了草鞋，真是太体贴了。爷爷走进屋里，又把自己那双大草鞋摆好，然后坐到了围炉边上。我知道人类不喜欢我这种脏兮兮的野兽进屋，就在门口蜷了起来。

"你睡在那里，不会冷吗？"

爷爷走出来，抱着我回到围炉旁。后来，奶奶放了一碗汤泡饭在我面前。我吃得可香了。

"好吃吗？这都是屋后地里的新鲜蔬菜，老太婆亲手料理的。不过老太婆也不管那些蔬菜叫什么，全都一股脑儿切碎了跟麦饭一锅熟。"

"那老头子你还不是每天都喊好吃好吃。"

"是啊，毕竟是咱家地里种出来的东西，全都好吃。"

两人笑了起来，真是一对恩爱夫妻。我吃饱了肚子，觉得身心都温暖极了。

"喂，茂吉！"

就在那时，门突然打开，一个凶恶的瘦老头儿大喊着走了进来。

"这不是太作嘛。"

"你今天那是什么意思？"

"说什么呢，赶紧进来把门关上，太冷了。"

"哼，我是说奖赏。亏你每次都能讨到欢心。"

听了这个太作老头的话，我才意识到屋里并没有城主大人的奖赏。

"城主大人说过后送来。太作，你就放心吧，我准备再捐给村里。咱们得多屯点米，好挨过下一次歉收。对吧，老太婆。"

奶奶有点害怕太作老头，但还是对爷爷点了点头。太作老头不太高兴。

"你这老好人。算了，不说那些，赶紧把灰还给我。"

"你不是说可以给我吗？"

"那本来就是我家炉子里烧出来的灰。你放哪儿了？还给我。"

太作老头鞋子也不脱就进了屋，对爷爷大吼大叫。我想站起来凶他，但是爷爷先站了起来，拿掉盖在门口旁边的盖布。那底下就是白天见过的，装着灰的笤筐。

"拿去吧。"

"用了这么多，真浪费。"

太作老头一把夺过爷爷给他的笤筐，骂骂咧咧地往外走。接着，他又回过头来，看着我露出坏笑。

"你又捡了条脏狗回来啊，真是爱管闲事。"

说完，他就关上了门。

"那人太霸道了。"

一直害怕得没有动弹的奶奶抱怨道。

"算了，那老头儿倒也说了句好话。"

"他说了什么好话？"

爷爷笑得眯起眼睛，温柔地看着我。

"就是养这条狗啊。你愿意当咱家的狗吗？"

我兴奋地叫了一声，后来，爷爷和奶奶就用热水给我洗了澡。打从出生，我的身体第一次变得雪白雪白的。

那天晚上，爷爷让我也睡进了被窝。还给我讲了以前养的狗——小白的故事。而且它的故事里，也有太作老头干的坏事。

对了对了，因为我是小白之后的第二条狗，爷爷还在那天晚上给我取了名字，叫次郎。

二

发现爷爷尸体的，也是我。

那是我在爷爷奶奶家住下四天后的早晨。那天我醒过来，爷爷已经不在家里，奶奶还在旁边熟睡着。门口只有奶奶的草鞋，头朝我这边摆着，门还开了一条缝。爷爷在外面吗？可是，他这么早去干吗了……我心里有不祥的预感，就用鼻子拱开门缝，挤了出去。

早晨的阳光很耀眼，我吐出了白色的哈气。不知何处传来鸡叫声，还有五六只早起的小鸟纷飞。那时我真痛恨自己的鼻子没有其他狗那样灵光，闻不出爷爷的气味。但是我很快就发现，周围的景色跟平时有点不一样。

问题出在河对面那座倒扣的碗一样的山上。我跟爷爷散步时，爷爷曾指着山丘告诉我："那里有个大人物的坟墓，顶上还留着用来修坟墓的石头呢。"只见一部分山丘跟昨天不一样，染上了黄的紫的各种颜色。我看那像是花的颜色，一下就有了主意。接着，我马上就往桥那边跑。

从山顶到山脚出现了一条细长的花带，有蒲公英、紫罗兰，还有许多不知道名字的花。爷爷就倒在山脚花带的尽头。我吠了一声，聚集在爷爷周围的鸟雀一下就散开了。可是，爷爷一动也不动。

　　我好伤心，用前脚使劲摇晃爷爷的肩膀，但很快就知道那样没有用。因为我发现，爷爷的后脑勺上破了一个大洞。一块大石头落在爷爷旁边，沾满了鲜红的血。

　　爷爷被人打死了。我按捺不住心中的愤怒和悲伤，仰头号叫起来。那时，我看见桥那边有个人。

　　是那个面容凶煞、一脸胡须，当着城主大人的面请爷爷"让我家棣棠开花"的人——村官虎田太。我汪汪大叫，虎田太可能觉得可疑，立刻跑了过来。

　　"这不是茂吉叔吗。次郎，怎么回事？"

　　我想告诉他事情的经过，但是我只能发出汪汪的叫声。虎田太看见沾血的石头，马上猜到了原委。

　　"是你发现了茂吉叔的尸体吗？不过，这到底是谁干的……"

　　我听着虎田太兀自嘀咕，慢慢闭上了眼睛。我想起跟爷爷一起睡被窝的第一天晚上，爷爷对我说的话。

　　"次郎啊，我和奶奶前不久养过一条叫小白的狗，跟你长得特别像。大概是五年前吧，有一天我到外面干活，打开家门一看，地上趴着一条通体雪白的小狗。它跟你一样饿得慌，我把剩饭拿出来，它吃得特别香，一下就有了精神。我就带它下地干活，它还会在地上刨土，仿佛要帮我的忙。见它这么可爱，我就决定收留它了。后来无论是下地干活，还是吃饭睡觉，我们都在一起。小白虽然是条狗，却喜欢吃年糕，我们过年还一起吃了呢。

"小白长大后，学会了抓老鼠、搬运洗好的衣服和饭菜，给我和老太婆帮忙，就像家人一样。大概是三天前吧，小白照旧跟我在屋后的地里干活，刨着刨着土就汪汪叫了起来，还跳到田埂上使劲打转，仿佛在叫我'快挖下去，快挖下去'。于是我就抄起锄头挖下去了。结果啊，挖出了一个得双手才能勉强提上来的木箱，打开盖子一看，里面装满了耀眼的金银财宝。

"我把箱子搬回家，老太婆也吓了一跳。后来，我就跟老太婆带着小白去找村官虎田太商量了。虎田太是武家出身，留着一脸大胡子，长相很凶，名字也很怪，但他是个好人。他说啊，这是你们家狗挖到的东西，就是你们的了。但我们用不着那么多金银财宝，就留下了一些买米钱，其他全捐给村里了。

"后来小白发现金银财宝的消息传遍了全村，当天晚上，坏心眼的太作就跑到咱家来了。他说这条狗原本窝在他家门口，后来被他赶走了才跑到我们家来，所以那应该是他的狗，说完就把小白带走了。小白当时叫得好惨啊……真可怜。没想到，那就是我和老太婆最后一次看见小白……

"后来听太作老头的邻居说，太作那天直接把小白带到了地里，拖着它四处转悠，大声命令它寻找财宝。小白到处闻了闻，然后开始刨土。于是太作老头抄起锄头挖下去，非但没挖到财宝，反倒挖出了一堆黑漆漆的大石头。太作老头气得满脸通红，又举起锄头，狠狠砸了下去，可怜的小白……就这么被他……砸死了。

"第二天早晨，我和老太婆抱着已经变冷的小白大哭了一场。现在回想起来，我都忍不住掉眼泪啊。我好后悔，小白真是太可怜了。我和老太婆为了一直跟小白在一起，就把它葬在了咱家附近，种下一棵松树苗代替墓碑。

"让人吃惊的是，第二天我起来一看，门口竟多了一棵高大的松树。我万万不敢相信一棵树苗会一夜之间变得那么大，可是老太婆说，这一定是小白的力量，小白一定是条神奇的小狗。老太婆又说，要不我们把这棵松树做成臼子，给小白做它喜欢吃的年糕吧。我觉得甚好，马上把松树砍了做成臼子，开始捣年糕。

"结果你猜怎么着，我举起杵子往下一敲，突然听见叮当一声，臼子里飞出个东西来。我捡起来一看，竟是一块黄金。后来每捣一下年糕，就有黄金叮叮当当地往外飞。虎田太正好路过，看到那情况也瞪大了眼睛。他对我说，这一定是小白在报恩，要我们用那些黄金好生供奉小白。我也这样想，就请了僧人过来给小白念经供奉，还把捣出来的黄金都给了僧人。我们不需要金子，不如请僧人带回去修缮那座破庙，顺便照顾收养在寺里的可怜小姑娘阿七。

"小白的臼子里捣出黄金的消息很快又传遍了村子，太作老头立刻就找上门来了。他说小白本来是窝在他家门口的狗，所以小白变大的松树也是他的，责怪我怎么能随便做成臼子，还要我把臼子给他。因为那个臼子是为了纪念小白才做的，我就没答应，但是太作老头非要拿走，说就是借用一下，明天还给我。

"第二天……也就是今天，我到太作老头家找他还臼子，可是太作老头一脸生气地坐在被褥上，看到我就指着自己又红又肿的鼻子，嚷嚷说他痛得睡不着，非要我赔罪。我一打听，原来他拿走臼子，马上蒸了糯米放进去捣，可是非但没有跳出黄金，反倒跳出了毒蛇、青蛙、蜘蛛、蛐蜒，还有大黄蜂。这不，他的鼻子就被大黄蜂给蜇了。

"我说那真是太可惜了，快把臼子还给我吧，可是太作老头竟说了句意想不到的话。他说那东西早就被他一把火烧了。原来太作老头当时就拿出斧头，把臼子劈成两半，扔进灶台里烧掉了。我心里很难过，但是觉得至少要把烧剩下的灰带回去，就回家跟老太婆商量了几句，两人抱着竹筐去了太作老头家，把灶台里的灰都扒拉起来，长吁短叹地回家了。

"我们走到寺院门口，突然吹来一阵风，把灰卷走了。我心说不好，看向灰被卷走的方向，难以置信的是，寺院里的枯枝上就开出了樱花。正好在树下玩的孩子一看就乐了，纷纷说老爷爷好厉害，再来点再来点，于是我就爬到树上，又撒了一把灰让樱花盛开。不知何时周围就聚集了很多人，我知道小白让大家都高兴了，心里自然也欢喜，于是更起劲地撒起了灰。过了没多久，城里发现那座寺庙似乎很热闹，城主大人就领了许多武士和侍女过来——"

接下来，便跟我的所见所闻一样了。城主大人说要奖赏爷爷，太作老头又心生嫉妒，闯到爷爷家里，抢走了装灰的筐子。

因为听了这些话，我当下就认定是太作老头杀了爷爷。太作老头一定没能让樱树开花，所以一大早叫醒了爷爷，把他带到小山丘上，一通逼问之后杀害了爷爷。一定是。

我再也无法忍受，拔腿跑下了山丘。

"次郎！"

身后传来虎田太的声音，但我没有停下脚步。

我跟爷爷散步时到过太作老头家门前，知道他住在哪里。我使劲挠门，老头却一直不出来，于是我把鼻子挤进门缝里，一下就把门挤开了。屋里一个人都没有。我吠了一声，想知道太作老头在哪里，突然听见房间角落传来沙沙声，原来是一只老鼠躲在家具底下看着我。

"你这狗怎么一脸穷酸相，有事吗？"

这老鼠嘴巴真毒。这些小家伙总会染上房子主人的脾性。

"太作老头在哪儿？"

"说要到城里去，好几天没回来了。"

"城里？"

"对，那天晚上太作老头特别高兴地抱着一箩筐灰走回来说：'这下我就能变成有钱人了。我可以盖一座气派的大房子，娶个漂亮老婆。'盖新房子是很不错，不过就算再有钱，老婆肯定是娶不到的。连我都觉得好笑。"

吱吱吱吱，老鼠发出了诡异的笑声。

"第二天早晨，他就穿上最好的衣裳，早早去了城里，然后再也没回来。"

三

太作老头不在就没办法，于是我回到了发现爷爷的山丘。那里已经聚集了发现事情有异的五个村民，不知是谁把奶奶也叫来了。

"可以确定，叔就是被这块石头砸死了。"

虎田太看着地上那块大石头说完，走到蜷缩成一团的奶奶身边，把手上的黑色口袋和白色口袋拿给她看。

"叔的腰上系着这两个口袋，绳子都断了。黑色口袋里剩了一点灰，婶儿，这就是茂吉叔让樱树开花的灰吗？"

"是啊。"奶奶抬起头，哭得通红的双眼看着口袋说。

"那天夜里，太作过来把灰都拿走了，不过老头子为了以防万一，先抓了一把放在这个口袋里。"

我并不知道这件事，可能发生在我去爷爷家之前吧。

"那白色口袋呢？"

"不知道。"

奶奶摇着头说。白色口袋里什么都没有。

"凶手可能想要这口袋里的东西。我怀疑，茂吉叔跟凶手约好了一大早在小山丘顶上碰面，然后茂吉叔先下来了。凶手留在高处，趁机搬起石头砸向茂吉叔。他应声倒地，滚下了山坡，正好口袋绳子断了，灰从黑色口袋里撒了出来，所以才在一路上留下了这么些花儿。"

原来如此。我不禁感慨虎田太真是聪明。

"凶手是男人吗？"

一个村民问。

"不对啊，要是双手抱着这么大块儿石头从高处砸下来，就算女人也能杀死茂吉叔。"

"究竟是谁干的？""竟然杀了茂吉叔！""太不是人了！"

村民们议论纷纷，可见他们有多喜欢爷爷。

"我能说句话吗？"

有个人举起手来。那是住在爷爷家附近的喜十。记得爷爷对我说，喜十早早没了父亲，最近母亲也去世了，现在每天认真照顾母亲留下的三只鸡，还卖力下田干活，是个坚强的年轻人。

"咋了，喜十？"

"太作叔去哪儿了？那老头儿打死了茂吉叔的小白，还烧了茂吉叔的臼子，好像特别憎恨茂吉叔。"

"对啊，那老头儿可坏了。""咱现在就去把太作抓起来。"

村民们也都跟我一样，认为是太作老头干的。但是，虎田太却抬手制止了他们。

"太作动不了手，因为三天前有人传消息给我，说太作在城里被抓了。"

村民们吃了一惊。跌坐在地上的奶奶也惊讶地抬起了头。

"刚才婶儿说得没错，太作拿走了茂吉叔的灰，三天前去了城里，也想得到奖赏。可是太作撒的灰非但没有让枯树开花，还眯了旁边看热闹的五岁少主的眼。少主喊着疼到处乱跑，一头撞在柱子上，起了个大包。城主大人大怒，下令把太作抓了起来。至于他要被怎么处置，还得等后面消息。"

原来是这样啊。可是……

"真是个坏心眼的老头儿。"

喜十替我说出了心里话。

"太作的确讨人厌，可既然他三天前就在城里被抓了，那就不可能是凶手。"

虎田太安抚着几个杀气腾腾的村民。大家再次沉默下来。

"我说……"

又是喜十先开了口。

"我刚才就觉得奇怪，茂吉叔手里捏着的花，好像是地米菜吧？"

我绕到爷爷尸体右边，看见他手里捏着一段开满了小白花的茎子。

"没错，就是地米菜。"

一个村民说。

"本来这玩意儿应该春天开花，可能叔摔倒的时候把灰撒在了上面，让它开花了吧。"

"嗯，这倒是没问题……不过他为啥要捏着地米菜？山坡上开满了蒲公英、紫罗兰、蓟花、龙胆，还有鱼腥草，你说茂吉叔为啥偏要把地米菜捏在手里呢？"

喜十看着众人说。

"叔是不是临死的时候抓了一把开在眼前的花，想告诉咱们谁是凶手呢？"

"少说蠢话，他就是随手抓了一把而已。哪有捏着一把花透露谁是凶手的道理。"

"不是，你们听我说。"

喜十对其他人力争道：

"我娘告诉过我，地米菜的叶子很像三味线的拨板，所以有人模仿弹三味线的响声，管它叫拨拨草。"

村民们纷纷惊呼，我也明白了。

"说到村里弹三味线的，只有那位吧。"

"泽蟹奴老师。"

大家互相看了看，然后点点头。

"跟我来。"

虎田太大手一挥，众人朝村里走去。

对啊，是那个人……当时我也是这样想的。

四

爷爷在散步的时候说起过这个泽蟹奴老师。

她原本是十里地开外一个宿场町的游女，后来卷进了女人的争端，被赶了出来，最后流落到这个村里。现在她教村里人弹三味线，换一点小钱和吃的，维持每天生活。

她住在一个竹篱笆环绕的小屋里，不过爷爷在世时，我从未见过那个人。

"一大早的几个大男人找上门来，有什么事呀？"

这个人看上去有四十岁，穿着有点旧但是很高级的衣裳，露着雪白的肩膀，对找上门来的村民眉来眼去，连我这条狗都觉得她颇有风情。

"今天早晨，我发现茂吉叔死在了河对岸的小山脚下。"

虎田太站出来当代表，把爷爷的死和他手上抓着地米菜的事情说了出来。

"哎呀，所以你们就觉得是我动的手？这下事情可闹大发了。"

老师虽然被怀疑了，但是异常平静，还风韵十足地伸手拿起靠在墙上的三味线，铮铮地弹了起来。

"漫漫——冬夜……思君——难寐……"

"老师啊，听说茂吉叔曾经责怪您半夜弹三味线扰人清梦是吧。"

"遥遥——明星……可是——当日——所望……"

"喜十，这件事其他村民可都说过啊。"

"如今春又来——漫山梅落樱飞——奈何花海如斯——"

铮铮、铮铮、铮铮……三味线的音脚一阵快似一阵，听的人心情也渐渐高涨。我虽然不喜欢猫叫，但是用猫皮蒙的三味线弹出的声音，我倒是很喜欢。

"思君——不见君，我——心——空寂寥——"

"老师，是您杀了茂吉叔吗？"

"世间——繁花——开遍——"

"快回答。"

铮铮、铮铮、铮铮！老师最后用力一拨，抬头直视虎田太等人。

"茂吉叔嫌我的三味线吵，已是三年前的事情。如今我早已没有一丝记恨。"

老师放下拨子，拿起旁边矮桌上的竹筒，往虎田太他们面前一扔。倒下的竹筒里撒了些白色粉末出来。

"这是什么？"

"以前在宿场认识了一个男人，他给了我这些剧毒'附子'。"

"剧毒？"

"没错。那人说，若此生不能结为夫妻，但愿同赴冥土。可他尚未与我殉情，就先沦为刑囚，我俩此生再不得见。"

铮铮、铮铮……老师不知何时拿起了拨子，又弹奏起来。

"我独自一人留在世上，却难忘旧情，便在家门口种上了结附子的乌头花，每逢青紫色花朵盛开之时，我便默默回忆那个愚蠢的男人。这种花叶与魁蒿相似，哪怕摘了少女的花儿，也莫去摘那乌头——花——呀——"

铮铮，铮铮，铮铮。

"像是有些跑题了呀。你们说茂吉叔被人用石头砸死了？"

铮铮铮，铮铮铮。

"何须多想，若是我用那石头去砸，一个搞不好让他给跑了，叫到官差来岂不束手就擒？我可不会那样杀人，毕竟一点'附子'粉，世间哪个男人不销魂。"

连我在内，所有人都听得入了迷。老师似乎看出来了，继续铮铮地弹三味线。

"村中不是还有比我更可疑之人吗？"

"你说是谁？"

"我以前待的宿场时兴在酒宴上玩猜谜。你们别看我这样，论猜谜可无人能敌。"

老师再次放下拨子，拿起装着毒粉的竹筒给众人看。

"茂吉叔死时，可是攥着地米菜茎子的中间那截？"

"呃，的确是……"

"那想必是遮掉中间一字的意思。地米菜又叫'nazuna'，你们不会不知道吧？去掉'nazuna'中间的字，便是'nana'，也就是数字'七'呀。"①

"啊！"

几个村民齐声惊呼。

①日文中，地米菜写作"なずな"(nazuna)，数字"七"写作"なな"(nana)。

"难道是白蛇阿七！"

<h1 align="center">五</h1>

我们离开了泽蟹奴老师的小屋，一路跑向寺院。在爷爷手中盛开的樱花已经散落了一半。

寺里的僧人走出来，听说爷爷被杀，显得既震惊又悲痛。

"我们要见白蛇阿七。"虎田太说。

"这个……"僧人欲言又止。

虎田太把泽蟹奴老师的"nazuna"之说告诉僧人，其他村民也纷纷嚷着要见阿七，我也跟着大声吠叫，僧人总算服软了。我们被领到放着观音菩萨像的大屋子里。因为我是爷爷疼爱的狗，所以也被破例放了进去。

僧人让我们在此等候，随即离开了一会儿，很快又领着一个长头发的瘦女人走了回来。听喜十说，她今年十九岁。那人穿着死人穿的白衣服，一直垂着眼睛，脸颊消瘦得很。

在僧人的吩咐下，阿七坐了下来，低垂双目。

"阿七呀。"

虎田太的声音有点虚，似乎被阿七周围沉重的阴气影响了。

"今天早晨我发现茂吉叔死在了河对岸的小山脚下，像是被杀死的。"

然后，虎田太又对阿七说了"nazuna"的推断。其间，阿七一点都没有动弹。

"记得是茂吉叔说服你爹把你寄养在寺里的，莫非你对此怀恨在心？"

此时，阿七闭着眼睛，两条腿似乎软了下来……其实并没有。只是她的腿慢慢弯向背部，一直爬上了腰间，仿佛没有骨头一样，整个身子蜷了起来，像极了一条白蛇。

"我是被附身了。"

阿七第一次开口，同时睁开了眼睛。

"所以我才在寺里修行，以解除身上的诅咒。一开始，我的确怨恨说服父亲的茂吉叔，甚至诅咒过他。"

她的眼睛与普通人明显不一样，黑眼仁的部分黄澄澄的，还挤成了一条缝。

"可是如今，我十分感激父亲把我送到了寺里。您说，我为何会杀了茂吉叔呢？"

她的声音和姿态过于吓人，虎田太和村里人都僵住了。

"请回答我，虎田太。"

"啊……呃……"

"你说话呀！"

阿七突然大喊一声，伏倒在地上，只抬起一张脸，全身不断蠕动，逼近到虎田太面前，接着耸起了上半身，张开了长着利齿的嘴。

"哎呀！"

虎田太往后一翻，阿七便要扑上去。我吠了一声，一头撞上阿七的身体。

咝！阿七又张开口，黄澄澄的眼睛转过来盯着我。既然这样，我也不客气了。遇到人我还会怕，遇到蛇可算不得什么，来吧！就在我摆好架势的瞬间，阿七突然发出诡异的嘶叫，整个人翻倒在地，口吐白沫，浑身抽搐。

原来是坐在角落里的僧人念起了经文。他双手合十，看了虎田太一眼。

"虎田太，这下你明白了吧。这姑娘被前世因果所累，遭白蛇附体，气上头来就会变成这副样子。"

念经的声音一停，阿七就朝我扑了过来。于是僧人又念了起来，阿七应声倒地。

"她若是起了杀心，断然用不了双手行凶，自然举不起石头去砸。若是明白了，就赶紧走吧。"

接着，和尚又念起了经文。村民们落荒而逃，我最后看了一眼痛苦扭动的阿七，也跟着跑了出去。

六

过了晌午，门户紧闭的家中一片昏暗，我躺在没有火的炉边，心里想着爷爷。奶奶目光呆滞地坐在我右边，虎田太跟她面对面坐着，同样没有说话。村里人合力将爷爷的遗体搬了回来，放在奶奶身后的草席上。

虎田太已经让他们各自回家了。因为杀害爷爷的凶手虽然可恨，但为了抓人就怀疑村民只会招致最坏的结果。这我也明白，可是想到不能继续寻找杀害爷爷的凶手，我就特别不甘心。

由于不忍心让奶奶一个人待着，虎田太留了下来，但是没什么话说，只能一味盯着围炉。其实他啥都不用说……我刚想到这里，虎田太就开口了。

"话说，茂吉叔怎么会一大清早跑到那座小山上去呢？"

"不知道……你来叫我之前，我一直都睡着，也不知道他啥时候出去的。"

奶奶用几乎听不见的声音回答道。

"婶儿，其实我心里还有个头绪，不过村里人可能都不愿意去见那个人。"

"不愿意见……"

奶奶猛地抬起了头。

"你是说……传助？"

虎田太点了一下头。

"我猜测，茂吉叔是不是去找他了？"

虽然爷爷没有提起过这个人，不过听虎田太和奶奶的对话，我猜到了传助是谁。那就是我来到村子那天在山上碰到的，能听懂我说话的人。

曾经，村子里暴发过流行病，死了好多人。后来寺里的僧人找到相熟的祈祷师求告神明，得知山神要他们献出一个男人。村民们决定抽签，最后抽到了传助。虽然不至于送命，但那个人不允许出山，村民们也不能与献给神明的人说话。后来那场流行病突然就平复了，可见是真的有效果，不过啊，人类有时真的很残忍。

"你是说，传助杀了老头子？"

奶奶的声音有点颤抖。

"可是那就麻烦了，因为咱不能跟他说话，也不能带他到村里来。"

虎田太一脸严肃地抱起了胳膊。就在这时——

"打扰了。"

外面传来了异常僵硬的声音。奶奶打开门，发现是一名武士。

"我来晚了，这是城主的奖赏。"

城主大人给的奖赏终于送了过来。奶奶一脸悲痛地道出了后来的事情，武士惊叹："什么？"

"那你更要收下这些奖赏，好好祭奠那位老人。"

说着，武士往屋子里搬了好多宝物，虎田太也帮了忙。地上一下就摆满了金银财宝、绫罗绸缎、上等的瓷器和贴金佛像，还有许多见都没见过的美食。最后，武士对着死去的爷爷合掌祈祷了一会儿，从怀中取出两块银币，交给奶奶。"这是在下的奠礼，节哀顺变。"说完，他就走了。

"茂吉叔真是个了不起的人物啊。"

虎田太看着堆积成山的宝物说。

"金银财宝再怎么多，也换不回老头子的命。"

奶奶神情复杂地说。

"虎田太在吗？"

有人大喊一声，几个村民走了进来。

那都是刚才一起寻找凶手的村民。最前面的是喜十，手里拿着锄头。其他人也拿着长枪短棒，一脸杀气腾腾。大家看到宝物愣了片刻，但很快看向了虎田太。

"怎么了，不是叫你们回家去吗？"

"虎田太，你住嘴！"

村官应该是村里最了不起的人，但喜十突然对他恶语相向。

"茂吉叔让樱树开花那天，你请他到家中让院子里的棣棠开花了，对不对？咱都听你家里的用人说了。"

"是啊，怎么了？"

"那棣棠应该是你祖先栽下的吧。想到这里我就明白了，你是武家出身，而跟棣棠有渊源的武家，不就是太田家吗。"

喜十说，太田某某是个很会作和歌的武将，就是他建造了江户城。那人年轻时外出打猎，中途下雨迷了路，来到一个百姓家里借雨具，那家的姑娘就给了他一束棣棠枝。据说那是太田某某研习和歌的契机，但我只是一条狗，听不太明白。

"关键在于，虎田太你明明有太田这个姓，却一直瞒着别人。"

"若是透露了真实身份，岂不显得过于高高在上？我只想与大家站在平等的立场上治理村子。"

"闭嘴，你哪天不是高高在上作威作福。再说了，我一直都特讨厌你这家伙。"

喜十好像完全变了个人。

"听好了，茂吉叔手上握的'nazuna'无论从哪边读都一样。你的名字叫太田虎田太，不也是从哪边读都一样吗？"

"啊！"

虎田太瞪大眼睛，猛拍一下额头。

"让棣棠开花的时候，茂吉叔已经知道这件事了。后来被你用石头砸伤，他想起这件事，才握住了'nazuna'。"

"不，不对。你误会了。再说我为何要杀茂吉叔？"

"管那个干什么！"

喜十举起锄头，朝虎田太砸了过去。虎田太想逃，却被其他村民围住了。

"既然'nazuna'跟你的名字结构一样，那人一定是你杀的。"

喜十肯定已经完全沉醉在自己解开了谜团的得意情绪中。单凭几个字的结构就断定凶手，人的智慧有时真够滑稽的。爷爷，如果只会徒生莫须有的罪名，还不如没有死者的留言啊。

我这样一只狗肯定阻止不了已经化作暴徒的村民，虎田太很快就被带走了。奶奶一屁股坐在堆成小山的宝贝前面，呆滞地盯着它们看。

接着，她突然回过神来，转头看着我。

"次郎，你说我该怎么办？"

看着奶奶的脸，我知道接下来该做什么了。因为我知道，凶手不是虎田太。

七

"没错。"

我来到上次那个地方，传助挠着沾了泥巴的头发，一下就承认了。

"昨天白天，我下山到那座小山丘附近晒太阳，碰巧见到了来拾柴的茂吉叔。我知道自己不能下山，所以见到他就想跑，可是他竟问我过得好不好。我吓了一跳。"

爷爷不顾村里的规定，非要跟这个人说话，他真是太善良了。

"他问我饿不饿，我说饿，于是他就把手上的青菜给我了。我大口大口地吃着，还想来点更好吃的东西，一不小心就对茂吉叔说了，这辈子只有一次也好，我想饱饱吃一顿大米饭。"

我第一次见到这个人时，他也这样说。

"然后茂吉叔要我第二天一早在小山脚下等他，他要给我带好东西来。"

"是饭团吗？"

"我也这么问了。叔笑着摇摇头说，要我找一块村民看不见的、能种米的平地。接着他还告诉我，只要一个月就能吃上大米了。我心想怎么会有这种好事呢，所以一点都不相信。不过话虽如此，我还是打算去看看，结果那天睡过头了。等我慌忙跑到小山丘那儿，看见叔已经倒在地上，旁边还围着村里的人。我知道出事了，就躲在一边没出来。"

一个月就能吃上大米——爷爷这句话让我感到很奇怪。

"传助啊。"

"干什么？"

"米会开花吗？"

"嗯……穗子上会开很小的花。要是不开花，大米就结不出来。你问这个干什么？"

"你跟我来一下好吗？"

我把传助领到了小山丘那边。爷爷倒下的地方开满了鲜花。

"这些花里有米吗？"

"你怎么一直说米，收割前那个叫稻子。"

传助嘀嘀咕咕地说着，放眼看向那些鲜花。

"哦哦，有啊，我看到了。这也是，这也是，还有这也是。"

里面的确有几根我夏天在村子农田里见过的绿色稻子。

这下我明白了，爷爷。你的白色口袋里装的是稻种吧。爷爷想给传助种一片稻田，准备在传助找到的平地上播种撒灰。那样一来，稻种马上就会长大开花，再过一段时间，就能结出大米了。

可是，白色口袋的绳子在爷爷滚下山坡时绷断了，一部分稻种掉了出来。其中几颗碰到了灰，所以才会开花，不过绿绿的稻子混在蒲公英、龙胆等颜色各异的鲜花里，谁也没注意到。其他没有碰到灰的稻种，以及残留在口袋里的稻种，都被鸟儿吃了。因为我发现爷爷的尸体时，周围有很多麻雀。

"你把这些米种出来吃了吧，我觉得这就是爷爷的留言。"

听我说完，传助笑了。"真是谢谢了。"

爷爷的心意我已经传达出去了，接下来只需要了结我的心事。

我要为爷爷报仇。

八

不知何时，周围已经被夜色笼罩。

挖这里，汪汪。挖这里，汪汪。

我回忆着爷爷讲的小白的故事，在屋后的地里四处挖掘。

挖这里，汪汪。挖这里，汪汪。

小白是在靠近农田的田埂上发现了金银财宝，可具体是什么地方呢？它一定是只嗅觉灵敏的狗吧。我的嗅觉不灵敏，只能尽自己所能。我挖的不是田埂，而是农田，必须是农田。

好不容易完成工作，将泥土拱回去时，我身上已经脏得不成样子。啊，要是爷爷看见了，一定会用热水给我擦身吧。爷爷，我好想你。虽然只跟你在一起过了五天，但我还是很骄傲，因为我是爷爷家的狗。

我知道自己必须离开，还是忍不住看着屋后，回想起第一次被爷爷请到家里的光景。

"你这蠢狗！"

我突然听见一声怒骂，接着脑袋传来撕裂的剧痛。糟糕。说不定我的脑袋真的裂开了。

"别打了，别打了，求求你……"

我发现，是奶奶紧紧抱住了打我的黑色人影。那个影子举起了锄头。

"这浑蛋，把我的鸡全咬死了。"

虽然意识渐渐模糊，但我还是闪开了。锄头激起一阵尘土。发出声音的人是喜十。

"那些鸡是我娘留下的，是我的家人啊。"

喜十带着哭腔说。

"每天吃鸡蛋，我都会想起去世的娘。"

原来是这样啊……如果干了那种事，喜十一定会气愤不已。我无力地跪倒在农田里。本来以为自己当了这么长时间的野狗，身体应该分外结实，没想到一下就不行了。

"现在我连鸡蛋也收不到了。死吧，蠢狗。"

喜十打得很准，这下我的脑袋真的裂开，趴在地上再也动弹不得。天生鼻子不好使的我，现在也闻到了浓烈的血腥味，这还是头一次。

于是，我就被埋在了小白的树桩旁边。

埋我的人，当然是奶奶。

您知道奶奶挖好坑，把我扔进去时，说了什么吗？她说："看你的了。"其实，我当时还有口气。

爷爷啊，您是不是在想为什么？我来告诉您吧。

其实那天早晨我出门去找爷爷，在家门口发现了奇怪的事情。奶奶的草鞋是朝着这边——朝着站在屋里的我这边摆放的。我第一天到家里来，爷爷把奶奶的草鞋朝外摆好了。爷爷这么爱整齐，若是出门时看见奶奶的草鞋朝着屋里，肯定会重新朝外摆好。奶奶的草鞋之所以朝着屋里，证明爷爷出去以后，奶奶一个人回家了。

尽管如此，我也没有怀疑奶奶。爷爷出去以后，到我醒来之前，奶奶一定因为什么事不得不出门又回来了。可能因为屋里太黑，奶奶才没发现爷爷走了。我心里一直这样想，但是奶奶回答虎田太"茂吉叔为啥要出门"时，我知道自己错了。因为奶奶说："虎田太来叫我之前，我一直都睡着。"奶奶为何要隐瞒呢？莫非……那时，我才开始怀疑奶奶。当然，我脑子很混乱，因为我实在想不通。

直到喜十他们把虎田太带走，我才明白。奶奶瘫坐在一堆财宝前面，盯着它们——盯着财宝堆一动不动。虽然奶奶只是盯着，眼睛却闪闪发亮。那是贪婪的光芒。

爷爷把小白挖到的金银财宝、臼子里打出的黄金都捐给了村子和寺庙，奶奶一定忍无可忍了。当城主的奖赏送到家里，爷爷又说要用这些财宝修建一座防备歉收的仓库，奶奶终于下定了决心。因为奶奶觉得，那些灰一旦用完，就再也没有得到财宝的机会了。

爷爷一定把要给传助撒灰种稻的事情告诉了奶奶。那天早晨，爷爷和奶奶没把我叫醒，而是两个人离开了家。他们本来要在小山坡底下等传助，奶奶可能对爷爷说："不如咱们到山顶上看日出吧。"

两个人看了日出，奶奶让爷爷先下山，然后拾起地上的石头，狠狠砸了爷爷的脑袋。因为那座小山丘是以前大贵之人的坟墓，山顶上到处都是石头，找一块称手的应该不难。爷爷就这样滚下了山坡，一路撒下灰和稻种。

爷爷神志不清之时，为何握住了地米菜？现在我觉得，喜十一开始说的"地米菜长得像三味线的拨子，所以是指泽蟹奴老师"应该没错。

爷爷一定不明白奶奶为何要杀您，因为爷爷太善良了。您最后想到的，一定是不希望常年陪伴自己的奶奶变成杀人凶手。于是，您从眼前的地米菜联想到泽蟹奴老师的三味线，把它抓住了。我也是死了以后才明白，临死的心情很难传达给活着的人。

别怀疑奶奶……很可惜，您的心情并没有传达给奶奶。不仅如此，奶奶还跟着喜十和村里人到处寻找凶手，最后眼看着虎田太被抓走，心里可能忍不住偷笑。因为谁也没有怀疑奶奶。

最可怕的是，奶奶终于能够独占期盼已久的宝物后，变得更贪心了。因为奶奶看着我说：

"次郎，你说我该怎么办？"

如果只听这句话，可能意思是"虎田太被带走了，我该怎么办？"也可能是"我今后该怎么办？"可是，我看着那双闪闪发光的眼睛，一点都不觉得奶奶是那些意思。

奶奶应该还想要更多宝物，所以她打算利用我。

原本爷爷之所以能得到宝物，是因为小白被杀，埋尸体的地方长出了松树，而用那棵松树做的白子捣出了黄金。把死狗埋了种上松树，就能得到宝物。奶奶满脑子只有这个想法。可是奶奶又想到，太作老头捣的年糕没有变出宝物，太作老头撒的灰没有开花，所以，白子和灰一定都反映了狗的心思。

奶奶认为，如果她亲手杀了我，一定得不到宝物。也就是说，她得让别人杀了我，然后再将我好生安葬。就像小白那样。

"次郎，你说我该怎么办？"

那句话的意思是："次郎，我该怎么做才能让别人杀了你？"

我参透那个意思后，先去找了传助询问爷爷的真意。我本想告诉这个唯一能听懂我说话的人，奶奶就是凶手，可是按照村里规定，传助不能跟村民说话，因此我放弃了。然后，我下定了决心，要替爷爷报仇，再离开村子。

回到村里，我首先去了泽蟹奴老师的家。听老师说，她家周围种满了一种叫乌头的植物，结出来的附子有剧毒。我挖开老师家门口的土地，找到了底下的根，小心翼翼地叼回了爷爷家，埋在屋后的地里。

我不应该看着爷爷的家沉浸在感伤中。我没想到，奶奶竟会这么快行动起来。

一定是奶奶把喜十妈妈留下的鸡全都弄死了，然后只要假哭着敲开喜十家的门说："我家次郎把你家的鸡都咬死了，我怎么道歉都不为过啊。"喜十听了一定会气疯。

结果，奶奶就顺利得到了"被别人杀死的自家狗的尸体"。虽然她把我扔进坑里时，我还活着。

唉，好冷啊。我知道土里很黑，但是没想到这么冷。我还能保持多久的意识呢？爷爷的意识，还附在爷爷的尸体上吗？

奶奶把我埋了，还会种上松树苗吧。树苗真的会一夜之间长大吗？如果用长大的松树做臼子，真的能捣出黄金？臼子烧成了灰，真的能让植物开花吗？

如果我有小白那样的神通，也想让植物开花。把那些灰撒到屋后的地里，我埋下的乌头或许也会开花吧。

就算不行，只要季节到了，乌头也会长出来。泽蟹奴老师说过，乌头的叶子长得像魁蒿，奶奶不懂得分辨蔬菜，应该会一股脑儿切碎了放进锅里。等奶奶吃了自己做的东西毒性发作，应该会意识到，我为什么在被杀之前到地里弄了一身泥巴。

总而言之，我无法原谅奶奶，因为她杀死了善良的爷爷。

这就是我，一条死狗寄托在未开之花上的留言。

鹤的反倒叙

一

外面下着大雪。

弥兵卫面前的围炉焰光摇动，另一头是个盘腿而坐、身宽体胖的老人。与弥兵卫身上的破衣烂衫相比，老人一身温暖华服，因为他是村子的庄头。

"弥兵卫啊。"

庄头低声说。

"有借有还，这不是做人的基本道义吗？"

"这我明白。"

"既然你明白，为何不还？就算你爹死了，债也不会随他而去。"

"我一个人还不起。"

"你娘不是说年内一定还吗？"

"昨天也说了，那是我娘在世时说的话。我娘打算用织机织布卖，用换来的钱还给您。"

弥兵卫看向右边。纸门虽然关着，但他知道隔壁放着自己奶奶的奶奶就在用的旧织机。

"结果你娘夏天也死了。"

"是的……"

"那就得靠你还钱了。你为何不织布？"

"我不懂织布。"

弥兵卫的母亲曾说，织布是女人的活，你只要干出力气的活就好，就没教他织布。实在没办法，他只好拾柴到镇上卖，但依然还不上欠下的债。

"哼，没用的东西。"

"饶了我吧，我连娘的葬礼都办不起。"

"关我什么事，还不是怪你家贫。"

"庄头老爷，听说您跟我爹是老朋友。那个不也是庄头老爷您放在这儿的吗？"

弥兵卫指着房间一角的台子，那上面放着一尊大肚鱼的木雕。庄头瞥了木雕一眼，只哼笑不作答。

"看在您跟我爹是朋友的分上，再宽限宽限吧。"

"闭嘴。什么朋友？笑死人了。我讨厌你爹，因为你爹比我先娶妻，还在我面前夸耀。你爹整天嬉皮笑脸，讲话却全是大道理，没本事赚钱还要找别人借。要恨就恨你那对废物爹娘吧。是他们给别人添完麻烦，就前后脚翘辫子了。"

庄头哈哈大笑起来。弥兵卫很爱自己性情温和的爹娘，一家人的生活就算再怎么贫困，也每天充满了欢笑和幸福。无论别人怎么说他都无所谓，可他受不了别人说他爹娘不好。

"求求您了。"

即便如此，弥兵卫还是没有气恼，声音反而比刚才更平静了。

"如果不行，那我只能杀了庄头老爷。"

"啊？"

庄头涨红了脸站起来，走过去一脚踹向弥兵卫的胸口。

"你这畜生，好大的狗胆，跟你爹一个鸟样。好，我决定了，现在就把你赶出村子。你等着，我去叫人过来。我要把你爹娘的坟刨了，尸体拿去山上喂狗。你给我记着！"

庄头气冲冲地走到门口穿雪鞋去了。弥兵卫暗下决心，拿起盖在草席下的锄头，走到庄头身后。

"天狗打嗝，嘿！嘿！嘿！"

他大叫着一锄砸向庄头的脑袋。庄头一声不吭地倒在了地上。

弥兵卫愣愣地看了一会儿一动不动的庄头，突然尖叫一声。他为自己的行为害怕了。他跑向角落的水缸，拿起盖子，舀起一勺水咕咚咕咚灌下去，感到一坨冰凉的东西从胸口滑到肚子里。

"呼⋯⋯"

弥兵卫又喝了一勺水，然后放下勺子，心情稍微平静下来。他把门拉开一条缝朝外张望，大雪中一个人都看不到。但他不能掉以轻心。弥兵卫关上门，顶上棍子，走到屋里拉开纸门，又走进了放织机的里屋。最后，他拉开了里屋快要破透的隔扇。

他准备把庄头的尸体暂时藏在这里。开好门后，弥兵卫又走到门口，低头看着庄头俯伏在地上的尸体。头部的伤口还在流血，不过天这么冷，血应该很快就会止住。

咚咚咚。弥兵卫刚把尸体拖到隔扇背后藏好，外面就传来了敲门声。咚咚咚，他没作声，敲门声又响了三下。

二

阿通降落在那栋房子门前，幻化成人类女人的外形。

是鹤村的鹤翁教了她幻化人形之术，但她只能化成纤瘦的女人。如果他讨厌瘦女人可怎么办……尽管心中不安，阿通还是敲响了大门。

咚咚咚。

她等了一会儿，里面没有动静。

咚咚咚。

她又敲了一遍。雪花渐渐堆积在斗笠上。这人形没有羽毛，只在裸露的皮肤上穿了一层衣物，真是太冷了。就在她冻得浑身一颤的瞬间——

"谁啊？"

里面有了回应。那个声音虽然透着疑惑，但阿通知道就是那个人。

"妾身是旅行之人，碰巧经过此地。"

伴随着咔嗒咔嗒的响声，大门开了，一个四十出头的男人探出头来。不会有错，这位就是救了阿通的恩人。几天前，他在山那边的小路上救下了一条腿被圈套困住的阿通，后来阿通在天上一路跟随，看着他走进了这栋房子。为了扮成迷路的女人，她耐心等到了这个下雪的日子。

阿通敏锐地发现，恩人一看到她斗笠下的脸，表情就变了。接着她知道，自己幻化的人形很成功。看来恩人喜欢纤瘦的女人。

"天降大雪，又临近黄昏，妾身不知该如何是好。能请您收留妾身一晚吗？"

"那的确很糟糕啊，只可惜我这儿家徒四壁，啥都没有。"

"没关系，请容妾身在这里避避大雪。"

"周围还有别的人家啊。"

"别的人家都将妾身拒之门外，只能依靠您了。"

"嗯……别人家毕竟都是一家人生活，确实只有我是个单身汉。"

恩人露出为难的表情，看了一会儿纷飞的雪花，随后点了点头。

"这么大的雪，的确不能把你扔在外面。进来烤烤火吧。"

"谢谢您。"

他果然是个心地善良之人。阿通被请到了屋里，炉子烧得正旺。尽管阿通已经习惯了寒冷，能待在温暖的火边还是很舒服。

她回头看向门口，发现恩人正在草席底下窸窸窣窣地摸索。不一会儿，他便摸出来一根满是泥巴的萝卜。

"你应该饿了吧。"

炉子里的火更大了，边缘缺了口的锅里发出咕嘟咕嘟的声音。

"我瞅瞅，应该好了。"

他拿起锅盖，用勺子搅了搅锅里的东西，然后往褐色的碗里盛了一碗。

"这碗杂菜饭净是萝卜了，你就凑合吃吧。"

他把碗递给阿通。

"谢谢您。"

阿通感激地接过碗，拿起用不惯的筷子吃了起来。

"真好吃。"

老实说，阿通分不出人类食物的优劣，但她很感谢恩人的心意。只见恩人高兴地点点头，给自己也盛了一碗吃起来。

很快，阿通就吃完了萝卜杂菜饭。锅里自然没有多的，她便只能看着恩人一言不发地吃饭。这位心地善良的人似乎不怎么喜欢说话。

"那个……"

阿通忍受不住沉默，开口说道。

"妾身名叫阿通。"

她突然报上名字，恩人愣愣地眨了几下眼睛，随后点点头。

"哦，我叫弥兵卫。"

弥兵卫。这就是将她从陷阱中解救出来的恩人的名字。那句话仿佛比杂菜饭还要温暖，渗透到了阿通冰冷透骨的心里。

接着，阿通放下碗筷，正襟危坐，准备说出自己来这里的目的。

"弥兵卫大人，您不仅收留了我这个陌生人，还分了一碗饭给我吃，阿通实在感激不尽。因此，阿通想报答弥兵卫大人的恩情。"

"你要报恩？"

"是。"

阿通看了一眼里屋的纸门。

"听闻村中女人在冬天农闲时都会织布，阿通猜测那边里屋也摆着织机。"

"哦，那是我奶奶的奶奶用过的织机。我娘也会用，可我不会用。"

"实不相瞒，阿通也是织布的能手。弥兵卫大人，请您拿着阿通织好的布，到城里去卖吧。若是拿到身份高贵的人家中，定能卖得高价。"

阿通话一出口，弥兵卫惊得险些连碗都拿不住，紧接着摇起了头。

"那不行，怎么能让陌生人给我织布呢？"

"不，阿通是想报答弥兵卫大人。"

阿通站起来，把手伸向纸门。

"等等！"

弥兵卫猛地扑过去，一把拽住了阿通纤细的手臂。他一开始满脸凶相，看见阿通吃痛，表情马上缓和下来，放松了手上的力道。"抱歉……"

"弥兵卫大人，您怎么了？"

"啊，呃……那个织机是那啥……我娘的遗物，我不愿意让不认识的姑娘乱碰。"

阿通原本还有些恐惧，闻言很快安下心来。

"阿通也明白您怀念母亲的心情。弥兵卫大人，阿通保证不会胡乱使用织机，一定用心织布，请您将织机借给阿通吧。"

"可是……"

"在您答应之前，阿通绝不离开这里。"

弥兵卫盯着阿通，最后无奈地点了点头。

"既然如此，那好吧。"

阿通顿时宽了心，同时想起她有一件事必须提醒弥兵卫。

"弥兵卫大人，阿通有个请求。织一匹布需要一个晚上，阿通织布时会关起纸门，请您一定不要偷看。因为阿通不希望别人看见自己织布的样子。"

"嗯……"

弥兵卫默不作声地思索片刻，不知为何冒了一头的汗。

"弥兵卫大人，您怎么了？"

"嗯……"

弥兵卫拉开里屋的纸门，拽过灯笼给屋里点了亮，里面果然有一台陈旧的织机。

"那里面有面隔扇，你看见没？"

织机另一头确实有一面发黄变色的隔扇。

"阿通，我答应你，在你织布的时候绝不往屋里看，但你也要答应我一件事。"

"什么事？"

"无论发生什么事，你都不能打开隔扇。"

弥兵卫神情严肃，甚至有点可怕。

"听到了吗？"

看到他的表情，阿通只能默默点了一下头。

三

咯吱咯吱，咯吱咯吱。

弥兵卫躺在围炉边上，听着纸门另一头的织布声。

咯吱咯吱，咯吱咯吱。

这个声音真让人怀念。

"娘，它为啥发出这种声音？"

"这是在一根根丝线里织入心意的声音。"

弥兵卫想起了小时候。每逢寒冬之夜，娘就会坐在织机前，跟他漫无边际地聊天。

"织布啊，就是横线和竖线一点点交会起来，组成一大匹布。哪怕只歪掉一根横线，布匹就废了。所以才要认真看着每一根横线，把自己的心意织进去。"

"所以布匹里装满了娘的心意。"

"嗯，是啊。"

母亲会停下织机，温柔地摸摸他的头。他至今还清楚记得那只温暖的手。

咯吱咯吱，咯吱咯吱。

弥兵卫的泪水不知不觉涌了出来。

就在这时，突然有人像发疯的狗熊一样吭吭砸响了他的家门。

"弥兵卫，弥兵卫！"

那个声音很耳熟。弥兵卫跳起来，走到门口卸掉了顶门棍。外头是一片冰冷的黑暗，雪已经停了。一个穿着蓑衣，提着灯笼的壮硕男人站在他门口。这人应该是在雪里跑过来的，脚上沾满了雪。

"是权次郎啊。"

权次郎呼着白气走进门去，突然"嗯？"了一声。

"弥兵卫，怎么你家里有织布的声音？"

咯吱咯吱，咯吱咯吱，织布声连绵不断，似乎毫不在意外面的喧闹。

"你娘不是夏天就死了吗？"

"嗯，不过今天来客人了。呃……是隔了三座山头那个村里的女亲戚。她说想织布，但是家里没织机，听说我家有，就过来了。"

虽然是临时编造的谎言，倒也挺让人信服。权次郎没有多想就相信了。

"对了权次郎，你这么急跑过来干啥？"

"哦，我说弥兵卫，你看见庄头老爷没？"

弥兵卫心里一惊。他当然不能说庄头老爷死了，被他藏在里屋的隔扇背后。

"没有啊，这几天我都没见过他。"

"是嘛。刚才庄头老爷那边来人了，说晌午过后就没见着他。他家里人猜测是不是还在玄庵师父那里。"

玄庵师父住在村外山脚下的小寺里，是个僧人。庄头跟他关系很好，时常到寺里去找他，这件事全村人都知道。他们俩都爱下围棋，对弈时总会忘了时间，有时庄头直接在寺里过夜也不稀奇。所以，庄头家的人才会以为他那天晚上也在寺里过夜了。

“可是天黑以后，寺里的小和尚找到庄头家去了。”权次郎对弥兵卫说。

“一打听，原来是玄庵师父借了庄头老爷的茶具，跟他约好今天奉还，结果忘得一干二净，这不，等到晚上想起来了，就赶紧派小和尚送了过去。那时候庄头家的人都以为老爷在寺里，自然是大吃一惊。庄头夫人连忙派下人出来找了。”

看来，庄头出门找弥兵卫讨债的时候，没有向家里人透露自己的去处。弥兵卫听了便放心下来。因为他不用担心别人怀疑到自己头上了。

“要是雪地上有脚印也就算了，可是这雪从傍晚就一直在下，脚印早就不见了。弥兵卫，你赶紧跟我去，一块儿找庄头老爷。”

身为村民，他无法拒绝。于是弥兵卫看了一眼纸门紧闭的里屋。

“阿通，我要出去一下。”

他喊了一声，织布声依旧连绵不断。弥兵卫心想阿通可能太专注了，便没有再喊，而是套上蓑衣和斗笠，跟权次郎走了出去。他穿上雪鞋，走进冰窟般的黑暗，仅凭权次郎手上的灯笼光芒，在雪地上渐行渐远。

四

咯吱咯吱，咯吱咯吱。

阿通走完最后一道竖线，系住了绳头。

她转过头，发现小窗木板的缝隙间透着光。原来是天亮了。

阿通变成人形，双手捧起刚织好的布。这是鹤族自古传承的，将羽毛化作丝线织成的布匹。它很像人类的丝绸，闪闪的光泽宛如春天的小溪，又似夏夜的星辰，格外美丽。不仅如此，这种布还具有神奇的力量。

阿通拉开纸门，来到围炉屋。

塘里的火已经熄灭，弥兵卫盖着一床薄被睡在旁边。

昨晚阿通刚开始织布，就听见有人走了进来。从声音判断，那应该是个跟弥兵卫差不多的男人。弥兵卫跟他说了几句话，然后隔着纸门说要出去。阿通当时变回了鹤的外形，正在努力织布。因为鹤的嘴里只能发出鹤的叫声，她就没有回答。

快天亮时，弥兵卫才从外面回来。当时他又问了一句："还在弄吗？"阿通还是鹤的样子，便依旧没有回答。她还要好一会儿才能织好一匹布。弥兵卫似乎没有在意，直接睡下了。

阿通在弥兵卫身边蹲了下来。这人已经四十多岁了，睡脸却像个孩子。

突然，弥兵卫睁开了眼睛。

"哇！"

他吓得跳了起来。

"唉，妈呀……对了，我留阿通过夜来着。"

"抱歉惊醒您了。您昨夜好像外出了呀？"

"哦，嗯……庄头老爷不见了，大家都在外面找。到最后谁也没找着，只能各自回家了。"

"那您一定很累吧。"

"没什么。对了阿通，你手上那匹布就是昨晚织的吗？"

"是。"

"我娘也经常织布，可我从没见过这么好看的布。这是丝绢吗？"

"这比丝绢还稀罕。"

阿通把布递过去，弥兵卫接下，顿时瞪大了眼睛。

"好轻啊，就像捧着风一样。"

"弥兵卫大人真有眼光。我这匹布有神奇的力量，用它做成衣裳穿在身上，就能身轻如燕，像风一样。"

"什么？"

"弥兵卫大人，请您把布带到城里，找一座最气派的宅子，卖了它换钱吧。"

"那太浪费了。"

"没关系，我织布就是为了给您报恩呀。"

弥兵卫交替看着阿通和手上的布，可能心有所感，不一会儿就点了点头。

"知道了，我这就进城。"

说完，他站起来走向门口。

"阿通，你还要待在这里吧？"

"是，如果弥兵卫大人允许。"

"这么好的布，一定能卖出高价。到时我买好吃的回来，你就等着吧。"

弥兵卫已经喜形于色了。他套上雪鞋，穿上蓑衣，戴上斗笠，拉开大门。

"附近虽没有盗贼，不过保险起见，你还是把门顶上吧。"

他转头说了一句，顿了顿，又神情严肃地强调：

"还有，你别忘了，绝对不能打开里屋的隔扇。"

阿通醒过来，发现自己躺在围炉边上。

鹤平时只在山间或原野上，收起一只脚，把头埋在身体里休息。这在寒冷的户外是最暖和的睡姿，也不容易流失温度。

躺着睡觉多舒服啊，而且这个叫棉被的东西，即使外面很冷，里面也热乎乎的。

她究竟睡了多久？通宵织布过于疲惫，她感觉自己睡了很长时间，但是弥兵卫还没回来。

鹤本来在冬天就不怎么吃东西，所以她还不饿。但是变作人形没有羽毛覆盖，比平时冷多了。她走到门口，拿来细柴，摆放在围炉的火种上。可是，火却一点都烧不旺。于是她又拿起插在围炉灰里的火钳，回想着弥兵卫昨晚的动作，或是戳戳火种，或是吹几口气，还是行不通。阿通想，鹤果然不适合侍弄火种，于是不再坚持，钻进了被窝里。

突然，阿通瞥了一眼里屋。纸门就这么开着。昨晚一直咯吱咯吱的织机，如今也仿佛睡着了似的。织机后面就是隔扇。

"无论发生什么事，你都不能打开隔扇。"

阿通想起弥兵卫昨晚说这句话的表情。

"还有，你别忘了，绝对不能打开里屋的隔扇。"

进城前，弥兵卫又嘱咐了一遍。昨晚织布的时候，因为要赶着早上完成，阿通一直顾不上这个，不过现在闲下来一看，她就有点惦记了。

阿通把目光重新投向围炉里的火种。弥兵卫是她的恩人，她当然不能背叛他。她绝不会想拉开隔扇看看。

可是，阿通无法想象那个木讷正直的弥兵卫会有秘密。他到底有什么好瞒的呢？

要不就看一眼？稍微拉开一条缝，看完就合上。仅此而已。

阿通站起来，朝里屋走去。

纤细的人手碰到了隔扇。

她究竟在做什么？

她已经化为人形，把鹤族珍贵的羽毛织物赠予了弥兵卫。她想了解恩人的一切。这种心情，一直在她心中翻腾。

深吸一口气……然后吐出。

阿通双手松开了隔扇。

就在这时，外面响起了敲门声。

"我回来了，快开门。"

阿通感觉心脏都要跳出来了。她关上纸门，走到门口，拿掉顶门棍，弥兵卫立刻走了进来。外面似乎没下雪。

他朝地板上扔了一包东西，里面是大米、年糕、蔬菜、鲜鱼，还有圆形的白色点心。

"我还买了酒。"

弥兵卫拎着酒壶，一脸的心满意足。

"我照你说的，找了城里最大的宅子。那是一座金屋顶、银围墙的大宅，我上去就说要见家主。"

原来那是城里头号大富翁的宅邸。弥兵卫被领到大厅，里面坐着一身锦衣的家主和夫人，还有正巧来做客的夫人的朋友。一见到弥兵卫手上的布匹，大富翁的夫人就喜欢上了。大富翁为人大方，给了弥兵卫好多金子。弥兵卫用金子买了这些好吃的回来。

"就这，金子还有剩下的。你瞧。"

弥兵卫从怀里掏出一把金灿灿的东西，扔到了围炉边上。阿通不明白这些东西的价值，但猜测这就是所谓的金子。总之，只要弥兵卫高兴，她就高兴了。

"太好了，弥兵卫大人。"

"嗯……阿通啊，我有件事要跟你商量。"

弥兵卫突然露出了羞涩的表情。

"你能再织一匹布吗？"

"您说再织一匹？"

"嗯。刚才我不是说，那位夫人的朋友正巧来做客吗。这不，她也想要一匹。"

人类女人见别人得到好东西，自己也想要一样，甚至更好的。阿通不知从哪儿听过她们的这种习性。尽管对身体不好，但这是弥兵卫的请求，她不能不答应。

"阿通知道了。"

"你愿意再织一匹吗？"

弥兵卫握住阿通的手,原地蹦了起来。阿通被他握住手,心里有些害羞。

"好,今晚我做好吃的。你多吃点,加油织布。告诉你,这玩意儿可好吃了。"

弥兵卫把白色的点心递给了阿通。

五

权次郎在积雪半化、湿漉漉的路面上快步走着。他在前方有座地藏的路口往左拐,过了桥又走了一段路,朝一栋房子走去。寒风如同利刃打在脸上,但权次郎的热情十分高涨。因为他很快就能得到奖赏了。

今天已经是庄头失踪的第四天。那天以后,雪一会儿下一会儿停,但始终没有下过覆盖足迹的大雪。村里的男丁每天都到附近的河川和山上寻找,就是找不到庄头。那天庄头离开家后下了一阵大雪,这成了他们找人的最大障碍。因为大雪把庄头的脚印都盖掉了。

庄头的老婆嫁过来之前是城里富裕馒头店的女儿,她的脸庞本来圆润饱满,这四天却憔悴了不少。今天一早,她把跟庄头常有来往的村里男丁都叫到家中,告诉他们："只要能找到我丈夫，定有重赏。"

庄头老婆虽然没说有多少奖赏，但他听说贪心的庄头暗搓搓捞了不少钱，应该能有不少。不过，权次郎的野心可不止这些。庄头家没有孩子，而且不知为何，连养子都没有。村里男人都在议论，万一庄头出了什么事，谁来当下一任庄头。

如果庄头真的遭遇了不测，那第一个发现他遗骸的人或许就能当上下一任庄头。庄头家没有后继之人时，一般由代官所的官人指定下一任庄头，但如果是前任庄头老婆的推荐，官人想必不能不予理睬吧。

其实，权次郎知道庄头可能去了哪里。不过这种事不能大声说，要是秘密泄露出去，庄头最后又回来了，那他的立场可就危险了。

不过，这都第四天了，庄头肯定死在了什么地方。权次郎这样想着，在听庄头老婆说有奖赏之后，他就瞒着别人，偷偷离开了家。

前方就是他要找的地方了。

摇摇欲坠的破顶板，竟然没让积雪给压塌。

"佳代啊，佳代，你在家吗？"

权次郎边拍门边喊。不一会儿门开了，一个女人探出头来。

"权次郎，你这是咋了？"

这女人虽然衣服寒酸，却是个让人惊叹的大美女。女人名叫佳代，身材娇俏，像鸟儿一样害羞腼腆的态度，也让男人心里发痒。

"仁作不在家吗？"

"你明知道他这个时节都不在村里。"

这家人的农田狭小又贫瘠，老婆佳代还体弱多病，干不了农活。村中女人帮补家用的工作，自古便是织布，但仁作家实在太穷，早就把织机都卖掉了。不过，佳代很擅长扎竹子，因此虽然不下地干活，每天也在家里做些竹笼、竹瓶、斗笠等东西。等攒到一定数量了，丈夫仁作就会趁着冬天农闲，尽量背上一些货物，花三个月时间走街串巷去卖。这段时间，佳代就一个人留在家里。

"让我进去。"

佳代似乎不好拒绝，便让权次郎进去了。

佳代家在村里特别穷，房子又窄又小。屋里堆满了砍回来的竹子和小山一样的竹制品，中间铺着正好够夫妻俩睡的松软新棉被。看到那床棉被，权次郎咧嘴笑了。

"佳代啊，你知道庄头老爷的事情吗？"

"知道，他四天前就不见了。"

权次郎并没有错过佳代目光躲闪的瞬间。

"庄头老爷消失那天不是下了大雪吗？当时我出门在外，正好看见了庄头老爷，觉得他样子有点奇怪，就偷偷跟在了后面。结果庄头老爷在地藏路口拐了个弯，走到桥那头。过了桥就只有你们这户人家。庄头老爷到这儿来干啥了？"

"不知道。"

佳代垂下了目光。

"村里人都知道庄头老爷看上你了……哎，这是啥？"

权次郎把手伸到旁边的竹笼底下，拿出来摊开一看，只见他手心里多了个烟袋锅。

"我说，这是庄头老爷的烟袋锅吧？"

"怎么会！这……这一定是弄错了……"

"我都见过好多次了，绝对没错。这证明庄头老爷的确来过了。"

这其实是庄头老爷五年前不慎折断了烟管，干脆送给权次郎的东西。他只是把烟袋锅藏在手心里，伸到竹笼底下假装抓了一把，就为了让佳代招供。

"佳代啊，你单凭卖点竹子工艺品，买不起这么好的棉被吧。"

权次郎伸手拍了拍跟这座破房子毫不相称的崭新松软的棉被。

"这是庄头老爷派人送来的，对不对？老实交代吧，你跟庄头老爷的关系早就不是什么秘密了。"

佳代脸上眼看着没了血色。

"你家每年都以借钱的形式请庄头老爷代缴年贡，对不对？为了还债，仁作外出卖竹笼的时间就更长了。庄头老爷会趁机到这里来，借着讨债的名义跟你睡觉。你一直只能从命，到了四天前终于忍不住，把庄头老爷给杀了。庄头老爷为了不让别人知道，专门挑了下大雪的日子过来，结果让你给占上便宜，大雪把他走到这里的脚印都盖掉了。"

"不对！"

佳代大喊一声，屋里堆积的竹子哗啦哗啦地塌了下来。

"那个……我丈夫不在时，庄头老爷的确会到家里来。他说可以抵销我们欠的债，我实在拒绝不了，只好答应……"

说到这里，佳代纤细的肩膀开始颤抖。接着，她似乎豁出去了，直直盯着权次郎的脸。

"可是，我没有杀害庄头老爷。凭我这瘦弱的身子，你觉得能行吗？"

讽刺的是，佳代此时悲愤交加的表情显得格外美丽。连权次郎都忍不住动摇了。

"权次郎你不知道，还有一个人最恨庄头老爷。"

"你说谁？"

佳代说出了那个人的名字。

"当然是弥兵卫。"

六

阿通叠起了刚织好的布匹。

变回人形后，她叹了口气。阳光透过小窗板的缝隙照了进来。日头应该已经很高了。

她站起身，感到一阵眩晕。织布不仅要用到羽毛，还需花费不少的精力，所以连续四天通宵忙碌下来，她已经十分疲劳了。

不过，只要一想到这是为了救了自己的弥兵卫，阿通就觉得浑身充满了力气。

拉开纸门，围炉屋里弥漫着一股发甜腐臭的气味。酒这种东西味道真大。她听鹤翁说过，人类喜欢喝这种东西，喝了酒会心情好，起来唱歌跳舞。

弥兵卫第一次在阿通面前喝酒，是他用第一匹布换回美味佳肴那天。他一喝酒就高兴起来，笑眯眯地说了好多话，阿通特别开心。弥兵卫也让阿通喝酒，但她只喝一口就知道自己受不了那东西，便借口太过欢乐无法集中精神织布，拒绝了酒水。弥兵卫一下就不高兴了，兀自越喝越多，语气也越来越差，还朝阿通大吼："赶紧去织布！"阿通按照吩咐到里屋织起了布，不知不觉忙到了第二天早晨。她叫醒睡在围炉边上的弥兵卫，而弥兵卫一看到她，就开口道了歉。

"昨晚不该对你大吼大叫，真对不起。"

啊，这个人果然心地善良。正因为他纯朴，才会在喝酒之后变得有些糊涂。阿通这样想着，交出了布匹。

那天弥兵卫回来，又带回了点心酒水和佳肴，把剩下的金子放在地板上，朝阿通鞠了一躬，这样说道：

"求求你，阿通，再给我织一匹布吧。"

原来富翁夫人的朋友又对别的朋友炫耀了"见都没见过的美丽布料"，被她这么一说，又有哪个人类女人会不想要呢。

"织好了布又能换钱，到时候阿通想要多少那种点心，我都给你买。"

弥兵卫第一次卖布带回来的点心，阿通吃了说"好吃"。于是第二天，弥兵卫又买了那种点心。阿通心里很高兴，但她除了弥兵卫的笑容，别的什么也不想要。

"好的。"

阿通爽快地答应下来，那天晚上织了第三匹布。

弥兵卫卖掉那匹布，又理所当然地对她说：

"再给我织一匹布。"

阿通很为难。她的羽毛所剩无几，精力也不多了。于是阿通要弥兵卫答应她，这将是最后一匹布。

"嗯？哦，知道了知道了，你赶紧去织吧。"

说完，弥兵卫就喝起了酒。他第一天只买了一壶酒，那天却增加到了四壶。

眼前的弥兵卫呼呼大睡，周围落满了金币。昨天深夜她忙着织布时，还听见弥兵卫叮叮当当地数钱，边数边笑呢。弥兵卫还说，只要有了这个就不用干活，阿通真是个好女人。自己得到夸奖自然开心，可阿通心情十分复杂。为了掩盖弥兵卫的声音，她努力让自己专注于织机的咯吱咯吱声。

好不容易，布织好了。

"弥兵卫大人，弥兵卫大人。"

阿通用越来越瘦削的手摇晃着醉倒的弥兵卫。弥兵卫哼了一声，丝毫没有醒过来的迹象。

"弥兵卫大人，弥兵卫大人。"

她喊了好几声，弥兵卫终于睁开眼，猛地跳了起来。他冲到门口，把门拽开，发现积雪已经冻成了冰碴，日头高高挂在天上。

"怎么回事，已经中午了。"

弥兵卫转过身来，表情非常可怕。

"实在对不起，这几天一直彻夜织布，阿通实在累坏了，就多花了点时间。"

"没用的东西。"

弥兵卫逼近阿通，甩了她一个耳光。

"哎呀！"

阿通倒在了一地的金币上，头还撞到了酒壶。

"到城里要走一个半时辰。唉，赶不上约好的时间了。"

弥兵卫劈手夺过阿通手上的布匹，胡乱往袋子里一塞，然后穿上昨天在城里买的厚实棉袄，披上崭新的蓑衣，走向门口崭新的熊皮雪鞋。套好雪鞋后，弥兵卫就出去了。

"听好了，阿通。不准打开里屋的隔扇。"

他恶狠狠地说完，用力关上了房门。接着，咯吱咯吱的踏雪之声渐渐远去。

啊，那个人变了……

弥兵卫的力气很大，门板弹了回来，留下一条缝。阿通躺在门缝吹进来的冷风中，一道泪痕顺着脸颊滑落。

阿通变成人形来到弥兵卫家，是为了报答他的恩情。她希望弥兵卫卖了布匹，可以帮补生活。现在布匹的确卖出了高价，弥兵卫拿到钱之后，买了美食、美酒、暖和的衣服……总之什么都有了。也因为这样，他渐渐失去了许多重要的东西。

如果阿通不来，弥兵卫一定还是原来那个纯朴温柔的男人。是她的行为让弥兵卫变成了现在这样。阿通感到既悲痛又后悔，心中还无比愤怒。

她很清楚哭也没有用。为了转换心情，阿通开始收拾散落在周围的酒壶、残羹和钱币。然而，尽管手头在忙碌，变成人形的阿通还是不断流着眼泪。甚至把屋子收拾完了，心里依旧很悲伤。

"有人吗？"

外面传来声音，把阿通吓了一跳。只见一个男人正扒着门缝朝屋里看。由于太过悲伤，阿通忘了放上顶门棍。

"这里是弥兵卫的家，你是什么人？"

男人打开门，擅自闯了进来。他的脸白皙圆润，就像河边的鹅卵石。可能为了防寒，他脖子上还围着白布。

"啊，嗯……"

阿通慌忙擦掉眼泪，摆正了姿势。

"我本是旅行之人，多得弥兵卫大人留宿。他刚进城里办事去了，所以我在替他看家。"

"哦，是嘛。你不是弥兵卫的媳妇？"

"这……这……当然不是。"

阿通低下了头。她不是没有幻想过成为他的妻子，只是这种愿望不可能实现。长得像小石头的男人笑了笑，脱掉雪鞋进了屋。

"我叫堪太，就住在前头，跟弥兵卫从小是朋友。"

"哦……"

"打扰了。"

那个叫堪太的人走过阿通身边，拉开纸门进了里屋。他瞅也不瞅一眼织机，径直走到隔扇前面，抬手就要拉开。

"你……你要干什么？"

阿通慌忙跑到里屋，抓住了堪太的手。

"弥兵卫大人吩咐我不可以打开隔扇。"

堪太眨了眨眼睛，见阿通一脸严肃，就哼哼了两声，放下了手。

"对啊，就算我俩是朋友，也不能在弥兵卫出门时随便看他的东西。抱歉。"

阿通还没明白过来，堪太就没再坚持了。然后还尴尬地笑着，拿下了缠在脖子上的布。她看见布的一角绣了三片枫叶。

"我说，围炉的柴都快烧完了，你不冷吗？"

"冷是冷，可我不太会弄火。"

"哦，那真没办法。"

堪太离开里屋，往门口走去。阿通关上了纸门，又见堪太把从门口拿来的杉树皮揉碎了撒在火种上，接着折断细枝放上去，吹了几口气，不一会儿围炉里的火就烧旺了。不愧是人类，真灵巧。不过这个堪太烧完火就往那儿一坐，丝毫没有离开的意思。

"堪太大人，你找弥兵卫大人有什么事？"

"哦，刚才啊，小文……我老婆生孩子了，我来告诉他一声。"

"生孩子了？"

阿通听了有些吃惊。

"哈哈哈，我和小文一直怀不上孩子，后来就到海边的送子神社去许了愿，好不容易才怀上了。"

"那真是恭喜你了。"

"嗯，谢啦。不过时候不凑巧，我也不能光顾着高兴。"

"为何不能光顾着高兴呀？"

"四天前庄头老爷不见了，到现在还没找着呢。"

如此说来，阿通来到这里那天晚上，弥兵卫的确跟什么人一块儿出去了。第二天早上他回来说，是去找庄头老爷了。

"村里的年轻人都猜测，庄头老爷是不是掉进河里被水冲走了。这下就算我老婆生了孩子，也不能瞎高兴啦。"

"的确是这样。不过……孩子才刚出生，你就跑过来这边坐着，这样好吗？"

"没关系没关系，孩子一生下来，老公就派不上用场了。隔了三户的皱巴老太婆给小文接了生，我本来在屋里守着，反倒让她给赶出来了。所以弥兵卫回来之前，我还是跟你一块儿坐坐吧。"

不知为何，阿通并没有觉得他碍事。这个大大咧咧，还有点傻慈慈的男人竟有种奇怪的魅力。

"我倒是想喝杯茶，不过弥兵卫跟我一样穷。要不还是烧杯水喝吧。"

堪太拿起摆在灶台角落的铁壶，又掀开了水缸盖子。

"我跟弥兵卫关系很铁。弥兵卫也盼着我孩子出生。"

堪太一边往壶里倒水，一边高兴地说。

"所以我来找他商量给孩子起个啥名。"

"那真是太好了。"

阿通真诚地说着，同时高兴地想，能得到堪太的信任，弥兵卫果然是个心地善良的人。

"不过孩子的名字已经想好了一半。"

堪太把铁壶往灶台上一放，看着阿通微微笑了。

七

弥兵卫在纷飞的雪花中，踩着积雪咯吱咯吱地往前走。他背着年糕和蔬菜，还有村里少见的海鱼。腰上则挎着酒壶。他想早点回家，今晚跟阿通两个人好好吃喝一顿。

走着走着，他看见了河边废弃的旧水车。那是通往村子的路标。远处还传来了咯吱咯吱的声音，那应该是村里的女人努力织布的动静。

嗯？弥兵卫把手搭在了斗笠帽檐上。

水车小屋的影子里站着一个人，跟弥兵卫一样穿着蓑衣、戴着斗笠。从姿势来看，那应该是个男人，不过斗笠挡住了脸，看不清是谁。

弥兵卫走到离小屋几步远的地方，男人突然抬起了头。

"权次郎……"

弥兵卫停下了脚步。因为那人在斗笠底下露出了诡异的笑容。他显然在等弥兵卫。

"弥兵卫啊，刚才我去你家，发现有个叫阿通的女人。她说你到城里买东西去了。"

"哦，对啊。"

"我看你买了不少好东西啊，腰上还挎着酒壶。你家有那么多钱吗？"

"我娘死前留下了一些布匹。那些虽是她的遗物，可我留着没用，就拿去城里卖了。因为我更想要吃的。"

"那倒是。不过啊，你娘织的布恐怕卖不了那么多钱吧。再说，现在庄头老爷不见了，你竟然还有心情进城买东西，简直让人觉得你早就认为庄头老爷不在人世了。"

"你说什么呢？"

"你卖的应该不是布匹，而是庄头老爷身上扒下来的衣服吧。"

权次郎用蛇一样的目光盯着弥兵卫。

"瞎说啥呢你。"

弥兵卫绕过权次郎身边，想往家里走，权次郎却跨出一步，挡住了弥兵卫。

"我听一个跟庄头老爷很亲近的女人说了。你爹以前跟庄头老爷走得近，请他代缴了年贡，因此欠下了不少钱对吧？"

"那又如何？"

"四天前，庄头老爷是不是去你家了？你爹娘都死了，他只能去找你讨债。你为了躲掉那笔债，就把庄头老爷杀了。然后趁着外面下大雪没人，还把尸体藏了起来。"

权次郎冷笑道。

"弥兵卫啊，你就别隐瞒了，跟我到庄头老爷家去，在夫人面前认罪。然后替我高兴吧，因为我抓到了你，就能成为下一任庄头了。"

权次郎得意扬扬的脸仿佛跟庄头的脸重叠在了一起。弥兵卫感到脑子一热，但还是努力控制住自己，反驳道：

"你说我藏了庄头老爷的尸体，可是在哪儿呢？难道在我家？"

"我觉得可能在你家，就拉开隔扇看了，里面啥也没有。那天晚上我去叫你时，尸体还在里面吧。后来，你肯定是拉到山上去埋了。"

"胡说八道。那天傍晚雪就停了，至今没有下过足够掩盖脚印的大雪。我要是真的这么干了，路上肯定会留下上山的脚印。"

冬天谁也不会下地或是到野外去。这个时候上山，肯定会在积雪上留下明显的脚印。然而，权次郎并没有善罢甘休。

"那你就是趁我去找你之前处理了尸体。因为那天大雪下到傍晚，咱们之所以找不到庄头老爷，也是因为他的脚印被盖掉了。所以，你杀了庄头老爷搬他尸体到山里时的脚印，也同样被盖掉了。"

"拖着一具尸体上山再回来，没有一个时辰可行不通。就算去的脚印没了，傍晚回来时也会留下脚印。你看到山上和村里有脚印了吗？"

"呃……"

"更何况，雪再怎么大，天黑前外面都可能有人。要是我拖着一具尸体出去，不是一下就被逮到了？"

权次郎似乎无言以对。

"权次郎，如果你非要冤枉我杀人，那就先找到庄头老爷的尸体。再证明那是我杀的。"

弥兵卫背好大包行李，又往前走了起来。

"弥兵卫，你等着瞧！"

权次郎在背后叫嚣。

"我一定要追查到你身上，一定要成为下一任庄头。"

他为啥这么想当庄头？弥兵卫想不明白。不管怎么说，权次郎都不可能找到尸体。

尸体的确被他埋到了山上。但是他没在雪地上留下脚印，也把尸体埋到了人力无法企及的深处。弥兵卫回忆起庄头被他扔进深坑时的脸，不由得浑身一震。

还是忘了那个人吧。他咯吱咯吱地踩着雪，朝自己家走去。

八

堪太与阿通聊了一会儿，见弥兵卫迟迟不回来，开始担心家里的事情，便起身回去了。阿通后来便坐在里屋织起了布。

咯吱咯吱，咯吱咯吱。

这是最后一次了。她从身体上拔下羽毛，变为丝线，穿进织机。

突然，外面传来开门的声音。

"哦，这就开始干啦？不错不错。"

弥兵卫在纸门另一头对她说道。他似乎已经喝醉了。阿通现在是鹤的模样，无法回答他，便有些担心弥兵卫会不会突然拉开门。不过听外面的动静，他似乎在围炉边上坐了下来，接着又传来了啜饮酒水的声音。

咯吱咯吱，咯吱咯吱。

阿通更加专心织布了。

"阿通，你在听吗？"

不知过了多久，弥兵卫又在纸门另一头说话了。

"今天我在进城路上听说，他们中午刚过就在下游的村子里找到了庄头老爷的尸体。你可能不知道，前头有座桥，庄头老爷好像就是从那儿掉进河里的。不知是淹死了，还是冻死了，人们推测他在河里被东西卡住，直到今天才松脱，漂到了下游。真是太惨了。"

咚——弥兵卫似乎又喝了一口酒。

"我把这事告诉了买布的老爷，那位老爷说，如果庄头没有继承人，代官所就会派官人到村里来选新的庄头。不过啊，成为庄头要有一定的地位，或者说财产。应该说，只要有钱，往官人袖子里塞上这么一把，就能当上庄头。"

阿通不明白弥兵卫这么说是什么意思，不由得感到悲伤。

"买布的老爷对我说：要不你来当庄头吧。我是有那个意思，但如果要当庄头，没有老婆可就太丢人了。"

听到他的话，阿通停下了动作。老婆。难道……啊，弥兵卫果然惦记着自己。阿通险些用鹤的姿态高兴地叫了起来。

"我不是每天给你买点心嘛。那是城里的馒头店在卖，我对馒头店家的姑娘有点意思，今天就壮着胆子去问了。结果对方好像也有点意思，连她爹都出来了，看见我手头有钱，就很欣赏我……我决定娶她回家。"

阿通突然感到浑身冰凉。

"阿通啊，结婚还得花钱，你能不能再织一点布……"

就在这时，外面传来了咚咚咚的敲门声。

"弥兵卫大人，快开门呀，弥兵卫大人。"

阿通听见弥兵卫拿掉顶门棍的声音。

"弥兵卫大人！"

"哎，这不是红豆姑娘嘛，你怎么来了？"

"我好想念弥兵卫大人，就偷偷跑来了。进到村里四处询问，好不容易才找到了这里。"

"哦，那你一定很冷吧，快到这儿来烤火。"

"红豆不要烤火，红豆要弥兵卫大人抱。"

看来这就是弥兵卫方才提到的馒头店姑娘。

阿通实在忍耐不住，就变成人形，拉开了纸门。只见一个长得很像馒头的胖女人正跟弥兵卫抱在一起。

"弥兵卫大人，这个像骷髅一样阴森的女人是谁呀？"

"啊，呃……这家伙是我家的织布女。"

阿通跑到弥兵卫身边，给了他一耳光。馒头女人尖叫一声，弥兵卫也有点怕了，但很快便涨红了脸，朝阿通扑了过去。阿通也毫不退让。

"弥兵卫大人，你想干什么？阿通织布不是为了让你娶这种女人回家。"

"什么？你口口声声说要'报恩'，自己跑过来织布，既然如此，就给我好好把这个恩情给报了。你只需要不停地织布，让我赚钱就好。"

弥兵卫推倒阿通，骑在她身上，左右开弓照着阿通的脸打了起来。阿通放弃了抵抗。"浑蛋！浑蛋！"弥兵卫边打边骂，馒头女人则笑着起哄："继续打！继续打！"阿通不知道脸上湿润的究竟是泪水还是鲜血。

"弥兵卫，你在干什么？快住手！"

突然听见喊声，紧接着弥兵卫就被拽开了。原来是堪太不知何时走了进来，从背后把弥兵卫架住了。

"堪太，你怎么随便进别人家！"

"今天我老婆终于生孩子了，我来取放在你这儿的多春鱼大神。"

"哦，你说那个啊。"

弥兵卫甩开堪太，走进里屋，毫不犹豫地拉开了他不准阿通碰的隔扇。只见里面放着一座木雕，原来是肚子圆鼓鼓的鱼的雕像。弥兵卫一把抓起木雕，扔给了堪太。

"喂，你轻点儿！"

堪太接过木雕，小心地摸了摸。按照堪太的说法，这是"送子多春鱼大神",许愿之后要寄放在亲朋好友家中见不到日光的地方,愿望实现之前谁也不准看。等孩子生下来了,再回到许愿的家中,用清洗婴儿的产汤把木雕仔细清洗干净。

"本来我就不同意把这玩意儿放在家里,还不是老妈一个劲地说,我才答应了。"

"嗯,麻烦你了。对了弥兵卫,阿通是你的客人吗?"

"不是。把那家伙交给我!"

阿通此时已经躲到了堪太背后,但弥兵卫还是伸手要抓,堪太只能拼命挡在中间。

"叫你住手!"

一番纠缠过后,堪太把弥兵卫推开了。馒头女人转眼就跑到了倒地的弥兵卫身边。堪太拉着阿通的手,带她走了出去,两人走在雪水打湿的冰冷道路上,不一会儿就来到了村口的水车旁,堪太在那里停下了脚步,嘴里吐着白色的气息。

"阿通小姐,真对不住。弥兵卫那家伙不坏,就是偶尔会变成那样。今晚你还是不要回去为好,暂且在这水车小屋里过一夜吧。我倒是想带你回家,只是家里刚生了小孩,实在不方便。"

说着,他解开了缠在脖子上的布。那上面绣着三片枫叶的简单图案。

"你把这个围上。这是小文做的，可暖和了。"

"不，我怎么能收下这么贵重的……"

"我就说丢了，小文还会再给我做。"

堪太笑着把布绕在了阿通脖子上。她感到脖子，不，感到心里涌出了从未有过的温暖。嘿嘿，堪太害羞地笑了。

"不过话说回来，阿通小姐长得真漂亮，跟弥兵卫在一起可惜了。"

"谢谢你……"

阿通泪眼模糊。她痛恨命运，为何没有让堪太救自己逃出陷阱。

"你别黑着脸嘛。今天我儿子出生，是个大喜的日子啊。"

"嗯。"

阿通露出笑脸，堪太也嘿嘿笑了起来。

"那你好好休息。"

"晚安。"

目送堪太的身影离开后，阿通擦掉眼泪，变回了鹤的样子。

一羽伤痕累累的鹤划过寒冷的夜空，脖颈上还缠着一块布，在风中寂寥地飞舞。

这是很久很久、很久很久以前的故事。

九

很久很久以前，在一个下大雪的村子里住着一名叫弥兵卫的年轻人。弥兵卫与父亲堪太、母亲小文生活在一起，关系特别亲密，但是家中贫穷，靠着贫瘠的土地压根儿缴不上年贡。

村子里有个贪心的庄头，曾经跟堪太一样是农民，但是一年冬天，上一任庄头掉进河里死了，他就被代官所的官人任命为新的庄头，可谓运气极好。不过也有人说，他不知何时存了好多钱，全塞给任命庄头的官人了。

当农民时，堪太与那个后来成为庄头的人关系很好，经常在一起干农活，或是办村里安排的事情。何须隐瞒，这个庄头的名字就叫弥兵卫，堪太就是因为这个挚友，才给儿子起了同样的名字。

弥兵卫长到十九岁那年，父亲堪太突然去世了。

弥兵卫和小文正悲痛欲绝，却见一脸凶相的庄头弥兵卫闯了进来。庄头恶狠狠地逼迫那对母子偿还父亲堪太欠下的债。于是小文跟庄头约定，自己织布去卖，一点点还钱。

然而祸不单行，第二年夏天，小文也去世了。

贫穷的弥兵卫连母亲的葬礼都办不起，整日郁郁寡欢。就这样挨过了秋天，眼看入了冬。

"喂，弥兵卫在吗？"

恶鬼面相的庄头拽开弥兵卫家的门闯了进来。

"你啥时候还我钱？"

母亲死后，庄头一直没来讨债，这下年关将至，该来的还是来了。

"你娘说一定会还钱，那都是骗人的吗？"

"不……不会，那怎么会……"

弥兵卫连忙摇头，瑟瑟发抖。庄头的脸已经涨红得好似火里的木炭了。

"借钱不还，猪狗不如！"

庄头一拳打向弥兵卫的脸。可怜的弥兵卫顿时鼻血四溅。

"听好了，我不管你找亲戚借，找朋友借，还是找什么人，明天之内一定要给我还钱。我还会再来！"

庄头留下这句话便走了。话虽如此，弥兵卫又能到哪儿去凑钱还债？一想起庄头的脸，弥兵卫就害怕得抖个不停。为何他要对老朋友的儿子，而且是自己的同名之人这样呢？

咚咚咚。他正想着，外面突然有人敲门。

"能把门开开吗？"

一个女人的声音。知道不是庄头，弥兵卫放下心来开了门，只见外面站着一个貌似四十好几的女人。弥兵卫虽不认识她，还是把她请进屋里问有什么事。女人这样回答：

"小女名叫阿通，二十年前曾受过你的父亲，也就是堪太大人不少照顾。请看这个。"

女人拿出一块布给弥兵卫看。那上面绣着三片枫叶，是母亲最拿手的花纹。

"原来如此。可是我爹已经死了。"

"是的，阿通在天上看得清清楚楚。"

这女人尽说怪话。

"弥兵卫小哥，你现在正因为一个贪婪的男人痛苦不已，是吗？"

"你怎么能说贪婪，这……"

突如其来的提问似乎让他不小心露出了真实的表情。

"阿通这次来是为了帮助你。请收下这个。"

女人右手伸进左边衣袖，拿出一个长长的东西。那是一把锄头。她是怎么把这东西藏在衣袖里的？

"这是阿通找村中长老借来的天狗锄。你只要嘴里念叨'天狗打嗝，嘿，嘿，嘿'，就能使出十倍的力气。弥兵卫小哥，请你用它来打庄头的脑袋，定能一击毙命。"

女人看上去不像开玩笑。

"干那种事要被抓起来的。"

"只要藏好尸体就没问题。"

"真的吗？"

"阿通有辨识天气的本领。今晚有一场大雪，将要下到明日傍晚，其后便是有一阵没一阵的小雪。你要利用这个时机。只要有了天狗锄，还能挖个特别深的坑。"

"要是下雪更不行了，会留下脚印。"

阿通微微一笑。

"你母亲有一台织机对吧？阿通这就用织机织布，然后做成衣裳。你穿着那身衣裳去藏尸体。"

弥兵卫不明所以，阿通继续说道：

"阿通织的布能让穿上身的人变得像风一样轻。你穿着那身衣裳走在雪地上，雪就不会沉下去，无法留下足迹。可是，我需要赶制弥兵卫小哥和庄头两人份的衣裳，这要花两个晚上。杀死庄头后，你恐怕要先把他藏在里屋的隔扇后面。"

阿通兀自说着，弥兵卫已经惊呆了。他觉得自己在做梦。

"明天庄头一来，你就动手吧。阿通不能待在屋里，且在屋顶听着动静。你要是听到咚咚咚，咚咚咚，间隔两次敲三下门的声音，那就是阿通来了。"

"可是……"

"现在不是犹犹豫豫的时候，难道你不憎恨庄头吗？"

见弥兵卫不作声，阿通便咄咄相逼。

"阿通小姐，你究竟为何要做这种事？"

听了弥兵卫的话，阿通斩钉截铁地回答：

"为了报恩，因为阿通只会做这个。"

说着，阿通眼底闪过了他从未见过的阴暗神情。弥兵卫恍然大悟，这个叫阿通的女人，定是对庄头心怀怨恨。

"知道了。"

他仿佛被看不见的力量吸引，不由自主地点了点头。阿通高兴地笑了笑，转身拉开纸门，走进了里屋。弥兵卫愣愣地看着她。

"在阿通说可以之前，你千万不能偷看房间里面。"

纸门关上了。

阿通究竟对庄头怀有什么怨恨呢？弥兵卫坐在冰冷的围炉边上，没有一个人回答他的问题，只能听见织机发出咯吱咯吱、咯吱咯吱的声音。

【回到一，顺次重读三、五、七】

密室龙宫

一

很久很久以前，有个年轻善良的渔民，名叫浦岛太郎。太郎与年老的母亲相依为命。一天早晨，太郎跟往常一样钓了鱼，沿着沙滩往家里走。就在这时，他看见前方有五个小孩儿围成一个圈。仔细一瞧，那几个孩子正用木棍在敲打一只龟。

"看棍，你这慢吞吞的老龟！""把头伸出来，嘿！"

"哎，你们几个小孩儿。"

太郎看不下去，就喊了一声。

"这龟多可怜啊。瞧，这是我刚钓的鱼，我跟你们换这只龟吧。"

太郎把鱼举到孩子们面前。几个小孩儿面面相觑，看上去最大的男孩儿一把夺过太郎手上穿鱼的麻绳，逃也似的跑了。其余几个小孩儿也追了过去。

"等等我。"

最小的男孩儿扔下什么东西也跑走了。那是个淡粉色的小贝壳。龟啪嗒啪嗒地甩着沙子，朝贝壳爬过去，将它小心翼翼地拾了起来。然后，龟扭着短短的脖子看向太郎，用女人的声音说："多谢相救。"太郎听了大吃一惊。

"龟，你怎么会说人话？"

"我并非普通的龟，而是龙宫乙姬殿下的侍从。"

他小时候听母亲提起过龙宫。那个地方在海底，有美丽的乙姬殿下，殿下跟手下的海洋生物们快乐地生活在一起。太郎还以为那是个幼稚的童话，现在见到了会说人言的龟，才相信那是真的。

"请把你的姓名告诉我。"龟说。

"我叫浦岛太郎。"

"浦岛小哥，为了感谢你的救命之恩，我想带你去见见乙姬殿下。我可以带你到龙宫，不过先请你把这止时贝嵌到我的龟壳正中间好吗？"

止时贝。他好像也听母亲提起过这东西，但记不太清了。太郎打量了一会儿龟甲，发现中间的确有个可嵌贝壳的小坑，于是就把贝壳嵌了进去。龟挥动四肢，朝海边走去。

"浦岛小哥，请坐到我背上来。"

太郎跨坐在龟甲上，龟开始慢吞吞地往浪里爬。他慌忙要跳下来，屁股却像是被胶黏住，离不开龟甲。

"喂，龟啊……"

"别担心。"

一阵大浪打来，太郎和龟都被浪涛吞没了。

二

真是太不可思议了。龟驮着太郎不断朝海底潜游。水像风一样打在太郎的脸上和身上，但他一点都不憋闷。不仅如此，海底还有许多平时看不到的鱼虫虾蟹、稀奇海草，景色美不胜收，让他乐此不疲。

"我怎么能喘气呢？"

"多亏了止时贝。"

龟回答。

"这贝壳有种不可思议的力量，可以制造一种圆形泡泡。虽不能分水，但只要身在这个泡泡中，就能说话喘气、自由自在。"

这么说来，母亲好像说过类似的话。太郎伸出手，虽然没碰到什么，但的确感觉到手穿过一层薄膜似的东西，摸到了外面。虽然身在其中没有感觉，但龟和太郎的确被包裹在一个泡泡里。

旁边有小鱼成群游过。也不知道他们究竟潜了多深，这种感觉就像做梦一样……

"你瞧，能看见了。"

海底现出一个宛如水母伞盖的半球形，散发着荧荧的光芒。那个半球形很大，里面有一座完全由珊瑚覆盖的华丽的二层建筑。建筑物的边角已经快要挨到半球形上了。

"蟹哥，蟹哥。"

龟游到一扇高大的铁门前喊了几声。大门一角的小窗打开了，一个红脸灯笼眼的人探出头来。

"哦，这不是龟嘛。"

对方的目光柔和下来。

"那人是谁？"

龟把在沙滩上发生的事告诉了他。

"哦，那他的确该见见乙姬殿下。稍等一会儿。"

蟹把头缩了回去，不一会儿，门就吱吱嘎嘎地开了。蟹站在门后，穿着一身疙疙瘩瘩的红色盔甲，还举着同样疙疙瘩瘩的钢叉。他满脸胡须，手脚粗壮，看起来比护法天神还要壮硕，太郎忍不住吓得发抖。

太郎坐在龟背上走进门，背后传来蟹关闭大门的声音。里面的地上铺满了白色圆沙，想必是玄关的位置。

眼前还有两扇仿佛涂了漆的对开大门。

"浦岛小哥，你可以下来了。"

太郎从龟背上爬了下来。周围虽然都是海水，可他的行走动作都跟陆地上一样。

"走吧。"

再一看，眼前的龟已经消失，却多出了一个看似十七八岁的美丽姑娘。太郎惊得话都说不出来。

"进了龙宫大门，就能自由变换人形和海底生物的形态。大家基本上都以人形生活。"

如此说来，这姑娘大大的黑眼仁的确有点龟的影子，肩上披的绿色绢布也让人联想到方才的甲壳。再仔细一看，姑娘额头上有条一寸长的伤口，想必是在沙滩上被孩子们弄伤的。龟微微歪着头朝他笑了笑，随即打开黑漆大门走了进去。太郎也不由自主地跟了上去。

脚下是一片仿佛上过油的黑石地板，个个都锃光瓦亮。前方有一道红色栅栏，顺着黑石地板继续向左右延伸，形成走廊。红色栅栏另一头就是中庭。

他从未见过如此稀奇的庭院。院子里铺满了白得耀眼的沙砾，珊瑚上装饰着美丽的贝壳，海草慢悠悠地摇曳。最显眼的便是中央那个白色高台，上面摆着巨大的止时贝，周围还放着四块岩石：红色、黄色、紫色、绿色……岩石不断绽放着炫目的光彩。

"那是石榴石，那是黄玉，还有紫水晶和翡翠。"

龟报出了太郎听都没听过的石头名称。

"那座白色的台是大理石，正好位于龙宫正中央。那个大止时贝生成的泡泡包裹了整个龙宫。"

此时太郎总算明白过来了。那个好似水母伞盖的薄膜，原来就是止时贝的泡泡。

就在这时，太郎感到脚底动了一下。紧接着，地面开始窸窸窣窣地晃动。他吓了一跳，却见一阵细小的泡泡腾起，眼前出现了一个年龄十四五岁，穿着黑色衣裳，两只眼睛长在面孔左侧的女孩子。太郎吓得跌坐在地上。

"比目，不许调皮。"

龟嗔了她一句。太郎是渔民，自然知道比目鱼能把身体变成沙石的颜色，只是从未见识过这样的场景。

"龟，你怎么变成这副模样了？"

比目并不在意自己被责备，而是盯着龟的脸。可能在担心她的伤。

"这个不用担心。对了，比目，乙姬殿下在哪里？"

"在春之间。"

"谢谢。浦岛小哥，这边请。"

龟带着太郎往左走去，来到一个房间门前，打开了白木做的对开大门。里面铺着跟中庭一样的白色沙砾，是个一叠①大小的门厅。另一头拉着隔扇，后面传来欢快的歌舞之声。

龟说了一声"打扰"，拉开隔扇。

眼前竟是一片春光艳丽的景象。清澈溪流的两端长满了茂密的青草，几十株樱树盛开着鲜花。有个长相诙谐的男人在一株尤为粗壮的樱树下扭动着身子，三名十四五岁的少女又唱又笑，很是活泼。稍远处的岩石上坐着一名身穿紫色罗衣的纤瘦青年，以及披着红色霓裳，看似十八上下的女性，正看着少女们跳舞。

太郎的目光最后被吸引到了那位端坐在红色毛毯上，衣裳华丽的长发女性身上。她身边跟着一个六岁左右的男童，正端着大扇子给她扇风。

"乙姬殿下。"

龟唤了一声，红毛毯上的女性转过头来。紫衣青年和红衣女人也看了过来。跳舞的男人和女孩子都停下了动作。

"哎呀，龟，你在海边受了不少委屈吧。"

乙姬殿下抬手掩住了嘴。她皮肤雪白，双眼像星辰般闪闪发光，鼻子不大不小，唇瓣像樱贝一样可人。

"是这位浦岛太郎小哥救了我。"

---

① 一叠约为 1.62 平方米。

龟把事情经过说了一遍，乙姬殿下站起来，向太郎低头鞠躬。

"承蒙您出手救了我疼爱的龟，真是万分感谢。希望您能留在龙宫接受我的款待，您想待多久都行。"

"啊，好……"

太郎如同被雷劈中，绷直了身子回答道。说白了，太郎已经被这个如同晚风般清凉，又兼具深海之优美的女性彻底迷住了。

"让安康和秋刀准备宴会。"

在一旁执扇的男童站了起来。

"遵命。"

他用稚嫩的声音回应着，迈开小短腿离开了春之间。真是可爱。

那天晚上，乙姬殿下与龙宫的生灵为太郎举办了宴会。席上的美酒佳肴都令人惊叹，而最让他挪不开目光的，是多姿多彩的表演。鲷、比目、鲉、耳带蝴蝶这些女孩子翩翩起舞，红衣的龙虾也表演了富有成熟魅力的舞蹈。紫衣的青年名叫海牛，表演了优雅的和妻魔术①。安康、秋刀和沙丁的笛子太鼓，鲀的一人二角，八爪的滑稽舞蹈，云丹的曲艺，海鼠的落语……稀奇的表演络

① 日本自古流传至今的传统魔术，也称"手妻""品玉"。

绎不绝，有多少时间都看不够的。

宴会持续了一整日，太郎欢笑不断，格外开心。

然而，他做梦都没想到，接下来竟会发生这样的事。

三

龙宫共有两层，从上方俯瞰，是以中庭为核心的正方形。蟹是龙宫的守门人和护卫，镇守在朝南的方向。一楼是生活在这里的生灵们每日游乐的地方，二楼则是他们的卧室。

太郎被领到二楼东南角的客房，崭新的榻榻米上铺着软绵绵的被褥。宴会持续了一整天，他早就疲惫不堪，可是迟迟无法入睡。看来，他还处在兴奋状态。可是这样下去身体会受不了，于是太郎闭上眼睛，回想着快乐的宴会，总算开始迷糊了。

就在那时，他听到房间外面传来了惨叫声。太郎猛地跳起，来到走廊上。只见一个黄衣服的女孩子哭着朝这边跑了过来。她是耳带蝴蝶。

"唉，你怎么了？"

太郎一问，耳带蝴蝶就停下了脚步。

"八爪哥哥生气了。"

八爪在宴席上表演了滑稽的舞蹈，说话也很有趣，是个很好相处的人。他为何生气了呢？

"龟打破了哥哥最宝贝的壶。"

耳带蝴蝶告诉他，八爪住在东北角的房间，那间屋子比较大，平时女孩子们常在那里练习舞蹈。今日宴会结束，大家还很兴奋，便又聚在那里练习，可是龟不小心把壶给打破了。八爪气得满脸通红，发起了疯。他往走廊那头看，发现鲷、比目和鮋战战兢兢地挤在八爪门口。

"啊！"

八爪屋里飞出一个黑影，那是变成人形的龟。太郎跑过去把龟抱了起来，还摸到一把漆黑的墨汁。

"龟，你没事吧？"

他转头看向屋里，八爪正在到处喷吐墨汁，整个屋子都被染黑了。鲷和比目几个小姑娘吓得四处逃窜。

"八爪，快停下。"

太郎上去劝八爪，可是满脸通红的八爪压根儿听不进去。

就在这时，外面传来了咚咚咚的脚步声。身披红色盔甲、手持红色钢叉的强壮男人——守门人蟹出现在二楼，顺着北边走廊快步走了过来。八爪飞快地蹿到了走廊上。

龙宫平面图

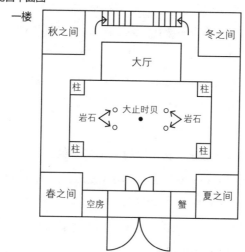

一楼

秋之间 | 冬之间
大厅
柱 | 柱
岩石 | 大止时贝 | 岩石
柱 | 柱
春之间 | 空房 | 蟹 | 夏之间

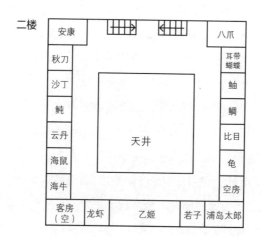

二楼

安康 | 八爪
秋刀 | 耳带蝴蝶
沙丁 | 鲉
鈍 | 鲷
云丹 | 比目
海鼠 | 龟
海牛 | 空房
天井
客房（空） | 龙虾 | 乙姬 | 若子 | 浦岛太郎

"你这小子！"

蟹高举钢叉，闪电一般向八爪刺了过去。八爪被叉中咽喉，痛苦地挣扎，最后还是被逼到了墙边。八爪还是拼命扭动，然而长满疙瘩的钢叉纹丝不动，紧紧压制着他。两人的格斗撞脱了挂在墙上的镜子，落在地上摔得粉碎。女孩子们全都哭叫起来。

"出什么事了？"

太郎回过头，发现乙姬殿下站在他的客房门前，怒目圆睁。那个名叫若子的男童则战战兢兢地跟在她身边。耳带蝴蝶走向乙姬殿下，说明了事情原委。

"你们当着浦岛阁下的面，实在太丢人了。蟹，将八爪带到石牢里关起来。"

"是，属下遵命！"

八爪听了乙姬殿下的话，更是奋力挣扎，但是蟹将他一把揪住，大步流星地穿过走廊，下楼去了。

"大家今天不要练舞了，都回房去。"

乙姬殿下一声令下，所有人都顺从地回了房间。等她们都进屋了，乙姬殿下才低头看着若子说：

"若子，你去把八爪的屋子打扫干净。"

"遵命。"他用稚嫩的声音答道，"我这就去拿工具。"说完，若子便蹦蹦跳跳地穿过了走廊。乙姬殿下最信任的可能就是这可靠的男童了。

"浦岛阁下，让您见笑了。"

乙姬殿下看着太郎说。

"没有没有。"

"为了表示歉意，请您到我屋里来吧。"

"啊……"

"我有话要单独对您说。"

那双湿漉漉的大眼睛似乎要把太郎整个吸进去。受到如此美丽的女性邀请，又有什么人能拒绝得了？

乙姬殿下的房间在二楼南侧中央，正好位于正门之上。这个房间最大，地面由珊瑚铺就，中间放着珠母贝的卧床。

"请坐。"

太郎乖乖地坐上了卧床，乙姬殿下还让他枕在了自己的腿上。太郎的心已经完全属于乙姬殿下。与她单独在一起，太郎感到无比安心。

"浦岛阁下……请您休息吧。"

她的声音就像清朗之夜的涛声，让太郎感觉自己能在龙宫住上一辈子。不知从何时起，太郎就有了这个心思。若是回到陆地上，他可能再也无法踏足龙宫，再也看不到鲷和比目她们可爱的舞蹈，再也尝不到美味佳肴，而这位美丽的女性，也会像梦里的泡泡一样消失得无影无踪。

像梦一样……像泡泡一样……

四

太郎听见人声，便睁开了眼睛。发现自己枕在乙姬殿下的腿上，他惊得坐起了身子。

"真是失礼了。请问我睡了多久？"

"可能有三刻（六个小时）吧。"

"这么久……"

"毕竟宴会持续了很久。"

乙姬殿下露出温柔的微笑。此时，他真的听见了人声，原来不是做梦。那声音像是一名成年男性在哭泣。

"那是谁的声音？"

太郎刚问出口，就有人用力敲响了房门。乙姬殿下走下珠母贝的卧床，把门打开了。

"啊啊，啊啊啊，啊啊啊……"

一个上半身赤裸，下半身只缠了一块遮羞布的男人撞了进来。这人看起来年近三十，说不定有四十多了。太郎没在宴席上看到他。只见他两眼通红，满脸是汗，嘴巴一张一合，像在诉说什么。

"你是谁？"

乙姬殿下的话让太郎吃了一惊。这龙宫里怎么会有乙姬殿下不认识的男人？

那个男人猛然抓住了乙姬殿下的双肩。

"啊啊，啊啊啊，啊啊啊……"

"放开！"

乙姬殿下的声音让太郎从震惊中回过神来，朝那个人扑了过去。

"快住手！"

尽管情况不明，但这人无疑是可疑的入侵者。太郎把他从乙姬殿下旁边拽开了。由于用力过猛，男人一下扑倒在走廊上。

"啊啊，啊啊啊……"

男人丝毫没有爬起来的意思，眼泪汪汪地看着天花板。太郎甚至有点可怜他了。这人究竟是谁？

"乙姬殿下！"

就在这时，两个人影从东侧走廊的转角跑了出来。那是身穿红色盔甲的蟹和身穿黄衣的耳带蝴蝶。

"……这家伙是谁？"

两人在倒地的男人面前停下脚步，惊异地看着他。

"不知道。"

"啊，啊啊啊，啊啊啊……"

男人一个劲地叫喊着。

"把他赶出去。"

"啊……是，属下遵命！你这贼人，给我过来！"

蟹遵照乙姬殿下的吩咐，拽着男人的胳膊让他站了起来。

"对了，乙姬殿下，出大事了！"

耳带蝴蝶喊了一声，好像还在哭。

"又出什么事了？"

"龙虾姐姐死了。"耳带蝴蝶说。

"什么？"

"她倒在冬之间的雪屋门口，脖子上还缠着海带……"

太郎闻言，感觉背部一阵恶寒。

"龙虾应该是自己了结了性命。"

蟹拧着贼人的胳膊说。

"总之，请您快来。"

*

龙宫一楼的四角是四季之间。西南角是太郎初次见到乙姬殿下的春之间，东南角是青草繁茂的夏之间，西北角是红叶似火的秋之间，东北角是常年覆盖昏暗雪景的冬之间。

龙虾的尸体就横陈在冬之间中央的雪屋门前，身上还穿着绯红的华服。她脖子上果然绕着两圈湿漉漉的海带，双手握着海带两端，就像自己把自己勒死了。

"龙虾姐姐……"

鲷哭倒在龙虾身边。

"怎么会变成这样……"

乙姬殿下悲痛地抚摩着龙虾的黑发。

"龙虾姐姐一直有烦恼。"

比目说道。她身上的衣服跟死去的龙虾一样通红。

"她觉得自己不该一直悠闲地待在龙宫，应该到严酷的大海里去闯荡，考验自己。我们都劝龙虾姐姐不要去。龙虾姐姐进退两难，就这样……"

"不对！"

鲷打断了比目的话，转过头愤恨地看着她。

"龙虾姐姐可坚强了。不管她有多少烦恼，也绝不会自绝性命。龙虾姐姐一定是被人杀害了。"

鲷的话跟荒凉的隆冬景色相融，冻结了所有人的表情。

"而且，龙虾姐姐跟我约好了，要一起做珊瑚首饰。"

鲷含着泪继续道。

"她还没完成约定，怎么会去死呢……"

"不过——"

耳带蝴蝶插嘴道。

"我们发现龙虾姐姐时，大门是从内部闩上的呀。"

"嗯，就是就是。"

一个粗野的声音让大家同时转过头去，只见蟹高大的身躯几乎覆盖了整个门口。看来他已经把贼人赶出了龙宫，刚来到冬之间。

"在我破开这扇门之前，没有任何人进去过。也就是说，龙虾把自己关在了寒冷寂寥的冬之间，插上门闩，了结了自己的性命。"

"怎么会这样，怎么会这样……"

乙姬殿下伤心地垂下了眼睛。她的动作深深地打动了太郎。他很想帮助这个人，就算他帮不上忙，也想陪在她身边。太郎真心这么想。

"实在是太惨了……"

乙姬殿下说着离开了冬之间。谁也无法开口叫住她，也无法追上去。乙姬殿下离开后，现场便被沉重的静默笼罩了。

"我怕乙姬殿下伤心，刚才没敢说……你还记得我去叫蟹之前，把耳朵贴在这间房的门上吗？"

过了一会儿，龟打破了沉默。她像是在对耳带蝴蝶说话。

"嗯，我记得。"

"那时我隐约听见了龙虾姐姐的声音，她好像在说

'不要……'"

所有人的脸上都闪过了惊恐的表情。龟看着太郎说。

"龙虾姐姐应该是被人杀害的。浦岛阁下，请你查出凶手，为龙虾姐姐报仇啊。"

"啊？"

所谓晴天霹雳，就是他此时的感觉。

"为什么要我来？"

"我们海中的生物智慧不足。请你用人的智慧，为龙虾姐姐报仇，也为了乙姬殿下。"

太郎心意已决。他只是个渔夫，从未调查过死人（虽不是人）这种大事。可是为了那位殿下，他什么都愿意做。他感到心中油然升起熊熊的热意。

"好吧。"

如此这般，太郎就调查起了发生在龙宫的奇怪惨案。

五

"首先我想问——"

太郎看着聚集在冬之间的龙宫生物们，这样说道：

"这间房除了那扇白木大门，还有别的出入口吗？"

"啊……"鲉似乎想到了什么。

"不对，那里肯定不行。"耳带蝴蝶马上否定了她。

鲉听了也说："对啊。"

"怎么了？"

"是这样的，后墙有一扇通往户外的小窗，可是外面长满了珊瑚，窗户打不开。"

太郎想起自己坐在龟背上来到龙宫时，看见这里的墙壁几乎完全被珊瑚覆盖。

"很久很久以前，龙宫刚建好的时候的确能打开，不过上一代龙王说种上珊瑚会更美，并且能防贼人。"

一提到贼人，太郎就想起了那个上半身赤裸的男人，不过现在首先要弄清楚杀死龙虾的人是如何离开冬之间的。

"您要看看窗户吗？"

听见鲷这么说，太郎点了点头。一行人在厚厚的积雪上走了起来。这里的雪仿佛万年雪一般冻得梆硬，走在上面留不下脚印。与春之间相比，这间房可谓煞风景之极。除了中央的雪屋，周围连一棵枯树都看不见，到处都黑洞洞的。

他们来到了昏暗的墙角，墙上的确有一扇可容一人通过的窗子。太郎用力推窗，但窗子纹丝不动。整扇窗都被珊瑚覆盖，只留有细小的孔隙。

太郎不再尝试，又带领众人从尸体旁边走过，拉

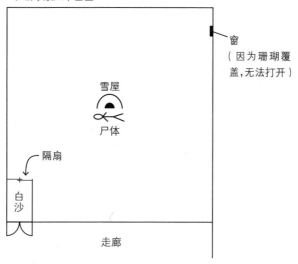

冬之间 放大平面图

窗
（因为珊瑚覆盖,无法打开）

雪屋

尸体

隔扇

白沙

走廊

157

开隔扇，在门前停了下来。他脚底是白沙，眼前是蟹撞坏的白木大门。

"假设龙虾是被人所杀的，证明凶手离开后使用某种手段插上了门闩。"

太郎转头对众人说。门闩是根一尺多长的圆棒，左右门扉各装有一个铁环，以供门闩穿过。大门的合页已经被撞脱了，但是可以看出它与门框严丝合缝，只要一关上就没有任何缝隙。可以说，几乎不可能从外面插上门闩。所有人都陷入了不安的沉默。

"好了。"太郎安慰道，"我先挨个询问情况。龙虾生前见到的最后一个人是谁，龙虾被杀害的时候，你们都在哪里，请不要隐瞒，全都告诉我。"

龙宫的生灵个个面露不安，看着彼此。

*

太郎在春之间展开了对龙宫生灵的询问。当时沙丁、秋刀、安康和鲀正在春之间开赏花宴，却被蟹强行驱散了。顺带一提，这四人案发时也一直在宴会上，没有杀害龙虾的机会。

盛开的樱花徐徐飘落，虽然身在室内，却能照到和煦的阳光，让人昏昏欲睡，可现在不是睡觉的时候。

"蟹抓住八爪，把他带到石牢关起来，然后乙姬殿下让我们回房去，这你记得吧？"

他第一个询问的是龟。龟慢条斯理地讲述自己的行动，额头上被孩子打伤的地方似乎已经好了。

"后来，我们就遵照吩咐各自回房了，但是过了一会儿，鲥跑到我屋里来，还是要找我去练舞。我也很想练舞，就决定先跟她去找龙虾姐姐。可是，无论我们怎么敲龙虾姐姐的房门，她都没有回应。"

此时龙虾已经死在冬之间了吗？太郎一边思索，一边催促她说下去。

"实在没办法，我们只好去叫鲷和耳带蝴蝶。本来还想叫上比目，无奈到处都找不到她。最后，我们四人便商量好到一楼找个空房间练舞。我们先去了春之间，安康哥哥他们正在赏花，把我们赶出来了。云丹和海鼠哥哥两人在夏之间晾晒甲壳，而且那里很热，我们也不想进去练舞。"

云丹和海鼠在宴会结束后一直待在一起，很显然没机会杀死龙虾。

"海牛哥哥在秋之间咏俳句，虽然也不是不能在旁边练舞，可是耳带蝴蝶太怕羞了。"

"她为何怕羞？"

"浦岛阁下，耳带蝴蝶喜欢海牛哥哥。"

原来龙宫的生灵之间也有各种关系。太郎决定不多打听。

"然后你们就决定在冬之间练舞了吗？"

"是的。可是冬之间的门打不开。那扇门虽然有门闩，可是以前从未插上过。于是我把耳朵贴在门上探听里面的动静，正好听见龙虾姐姐发出痛苦的声音。我和耳带蝴蝶几个一道去门口叫来了蟹，使劲敲门。里面没有回应，于是蟹就用钢叉破开了大门。我们进去拉开隔扇，就看见雪屋前面……"

龟的声音哽住了。

"你听见龙虾说'不要'，对吧？"

"……其实我不太确定。不过，她听起来真的很痛苦。"

"当时跟你在一起的是耳带蝴蝶、鲷、鲉和鲀，没错吧？"

"是的……啊，不对，还有比目。"

"比目？你刚才不是说找不到比目吗？"

"我们正忙着摇晃龙虾姐姐的身体，比目就从门口进来了，还问'出了什么事？'"

"在此之前，比目去了哪里？"

"不知道。"

龟摇了摇头。太郎决定下一个叫比目进来询问。

*

"比目，八爪那件事过后，龟和鲉去找你练舞，当时你不在屋里，是到哪儿去了？"

比目挤在面孔一侧的眼睛滴溜溜转了几下，扭着身子想了好一会儿，然后才说：

"其实……我在看海牛哥哥。"

"海牛？"

"我无事可做，就去了一楼，在秋之间附近看见海牛哥哥靠着栏杆眺望中庭。于是我立刻变成了走廊的颜色，一直看着海牛哥哥。"

原来不仅是耳带蝴蝶，连比目都爱慕英俊的海牛。

"海牛哥哥看着中庭，好像很疑惑地歪过了脑袋，不一会儿就走进了秋之间。我跟了进去，变成地上红叶的颜色隐藏起来，继续看海牛哥哥。海牛哥哥思索俳句的样子太好看了。又过了一会儿，我听见远处传来什么东西被打破的声音，紧接着好像是尖叫。我慌忙跑到走廊上，径直朝冬之间走去。只见冬之间的大门坏了，再进去一看，龙虾姐姐倒在了地上。"

她下面的证词跟龟的一样。

"你能想到谁对龙虾恨之入骨吗？"

"没有……不，有是有，可是那个人很久以前跟龙虾姐姐大吵了一架，惹怒了乙姬殿下，就离开了龙宫。"

那么，她说的这个人应该无法杀死龙虾。太郎没有再追问下去。

*

"是的，我的确在眺望中庭。"

海牛坐在红毛毯上，梳理着光滑的黑发，这样回答道。他长得像女人一般漂亮，是个声音通透的俊美青年。

"平时中央的大止时贝台座与周围的岩石一直保持着均衡的美感，唯独那个时候，我发现台座与岩石的位置有些奇怪。本以为是谁改变了中庭的布置，可是刚才一看，它们又恢复了原状。应该是我看错了。"

不知为何，海牛哈哈笑了起来。

"你知道比目在看你吗？"

"我没发现，因为那姑娘能变成跟地板一样的颜色。"

海牛接着说，他看完中庭就走进秋之间构思俳句了。这里跟龟和比目的证词一致。

"你知道有谁对龙虾心怀怨恨吗？"

听了太郎的问题，海牛明显有些气愤。

"龙宫是人人向往的桃源乡，大家都和和气气地生活在一起，不会发生那种争端。我不希望有人为了我斗气。"

太郎不禁想，最后那句话是啥意思？看来这个年轻人虽然脸蛋漂亮，但是说的话前言不搭后语，无法尽信。

*

接着他又问了耳带蝴蝶、鲉、蟹……几乎把龙宫的生灵都问了个遍。

"刚才真是让你见笑了……看来我是最后一个了吧。"

八爪走进来，用细长的手敲了敲光头，不好意思地笑了。他说的最后一个让太郎觉得有些奇怪。因为除了事件发生之后一直待在房间里的乙姬殿下，他总觉得这里还有一个生灵。

"浦岛老爷，你怎么了？"

他正想着，八爪突然说话了，于是太郎决定先听听他怎么说。

"八爪，事情发生的时候你一直待在石牢里，对吧？"

"那是，蟹那家伙力气太大了。"

"石牢在什么地方？"

"在地下。楼梯底下不是有扇门吗，打开门就是通往地下的楼梯，最底下是一间潮湿阴暗的石头屋子。"

八爪说着皱起了眉。

"龙宫的伙伴每天和睦相处，但是偶尔有人干坏事，惹怒了乙姬殿下，就会被关到里面。"

"你直到刚才都一直被关在里面？"

"是的。听说龙虾姐被杀，我吓了一大跳。"

石牢只有一把钥匙，蟹说他一直带在身上。也就是说，八爪没有机会杀害龙虾。

"八爪，你知道什么人恨不得杀了龙虾吗？"

"嘻，龙虾姐特别讨厌粗鲁的蟹，压根儿不愿意让他靠近。"

说着，八爪拍了一下秃头。

"不过我也不觉得蟹会杀了龙虾姐，反倒是那些女孩子。不过……我对这种情啊爱的事情没啥概念。"

"情啊爱？"

"她们都喜欢海牛。浦岛老爷这两天待在龙宫，肯定也看出来了吧。那家伙跟我不一样，长得特别俊。不仅是比目，耳带蝴蝶、鮋、鲷她们都被海牛迷得死去活来。不过跟海牛最亲密的，是龙虾姐。毕竟她比别的姑娘都成熟。"

"你是说，可能哪个女孩子为了争夺海牛，杀死了龙虾？"

"我可没说到那份儿上。"

然而，八爪的想法可能差不多。此时，太郎突然灵光一现。

"再加上龙宫还出过河豚那件事。"

太郎正在整理自己的想法，突然听见八爪说起了似乎毫不相关的事情。

"你旁边那间屋子不是空着嘛，其实以前那里住着个名叫河豚的胖女人。她太过痴迷海牛，最后跟龙虾姐吵了起来，一个说她给自己下毒了，一个说自己没干那种事。"

太郎对这件事没有兴趣，他只想了解刚才发生在龙宫的事情。

"河豚那家伙进龙宫时答应了一个条件，就是绝不用毒，于是那次惹怒了乙姬殿下，被赶出去了。不过我觉得她是被冤枉的……哦，抱歉抱歉，说了不相关的事。我这些话派上用场了吗？"

"嗯，谢谢你。"

太郎跟八爪一块儿站了起来。他的推理已经成形了。

六

相关人员全都集中在了案发现场冬之间门口，然而还是看不到乙姬殿下。

"乙姬殿下怎么了？"

太郎看着聚集在门口的人问道。耳带蝴蝶回答了他。

"殿下说身体不适，在房间里休息。"

"若子也不在呢。"

鲉也说道。这下太郎总算想起来了，他在春之间询问众人时，不仅乙姬殿下没出现，那个若子也没见到人。

"他应该一直在旁边伺候乙姬殿下吧。"

龟话音刚落，蟹便迈出了一步。

"没办法，请你开始吧，浦岛阁下。"

蟹滴溜溜的大眼睛盯住了太郎。

"龙虾果真是被杀了吗？"

太郎用力点点头。

"原因可能是围绕海牛的感情问题。"

在场的姑娘们霎时都垂下了目光。她们果然都有所感觉。提问题的蟹，眼睛骨碌碌一转，抿紧了嘴唇。八爪啪地拍了一下脑袋，至于海牛则一副漫不经心的模样。

"那个人怂恿龙虾，告诉她这里最适合练舞，将她引到冬之间，然后趁机拿出事先藏在身上的海带，将她勒死了。接着，那个人从里面插上门闩，等到外面传来动静时故意发出了声音。那人本来只打算假装呻吟几声，没想到龟却错听成了'不要'。总而言之，那个人后来就一直躲在这里，等待蟹冲破大门。"

"破开大门时，那个人还在里面吗？"

耳带蝴蝶抬手掩住了嘴。太郎点点头，蟹却摇着头说："不可能。"

"我发现龙虾的尸体后，把整个房间都检查了一遍。如你所见，这屋里啥都没有。无论往哪里看，都看不到任何异常。"

"那个人不在隔扇后面，而是在这里。"

太郎指着脚下。那是一片雪白的沙砾。

"浦岛大人，你说什么呢……"

耳带蝴蝶说到这里，露出了恍然大悟的表情。众人同时看向了某个人。那个人脸上渐渐失去了血色，这一切都被太郎看在眼里。

"比目，是你杀了龙虾，还把她伪装成自杀的样子吗？"

"不，不是我……"

"蟹打破大门，三个人穿过隔扇发现龙虾之前，你一直隐藏在这片白沙里，然后变回人形，假装刚刚跑过来。"

"你怎么能冤枉我！"

比目转身要逃，喉头已经被红色的钢叉卡住。她被逼到墙边，被龙宫的居民围了个水泄不通。

"比目，你太过分了。为什么要杀龙虾姐姐？"

鲉的大眼睛里涌出了大滴的泪水。鲷和耳带蝴蝶双手抱头，使劲摇晃。龟则茫然地看着比目。

"不！不是我！"

"别再挣扎了，比目。除了你还有谁能溜进上了门闩的屋子里？"

八爪一下接一下地拍着脑袋，蟹面相凶狠地逼近比目。

"我想起来了，最先提出龙虾可能自杀的人是你。你就是想让我们以为龙虾自杀了，对不对？"

太郎早已忘了这件事。不过仔细想想，这好像的确能证明比目杀死了龙虾。

"比目！""你这个骗子！""怎么能因为自己长得丑，就嫉妒姐姐！""叛徒！"

龙宫的生灵个个怒气冲天，对着比目辱骂起来。

"都住口！"

突如其来的喊声瞬间平息了骚动，只见乙姬殿下顺着走廊走了过来。她脸上带着无比悲伤的表情。

"浦岛阁下，看来你终于发现了真相。"

这是怎么回事？听了乙姬殿下的话，不仅是太郎，其他人也都莫名其妙。

"蟹，你把比目带到石牢里关起来，我过后再决定如何处置她。"

"是！"

"乙姬殿下！"

比目悲痛的叫喊对太郎而言如同一阵耳边风。乙姬殿下早就知道真相了？

"浦岛阁下，我有话要对你说，请马上到我屋里来。"

乙姬殿下不容置疑地说道。

*

"我很伤心。"

乙姬殿下坐在珠母贝的寝床上，表情阴郁地说。虽说刚刚才在上面度过了甜美的时光，太郎现在却没有被邀请过去。

"我从父王那里继承的龙宫城内，竟然发生了如此丑陋的争斗……"

"乙姬殿下，您早就发现是比目杀害了龙虾吗？"

乙姬殿下抬起湿润的眸子看向太郎。

"啊，你为何要问如此残忍的问题……不过，我的确是有所察觉。这都怪我没能管好大家。"

"不是这样的……"

"浦岛阁下，我必须惩罚比目，而且要用非常可怕的方法。"

太郎感到背脊发凉。

"这种时候，我实在无法继续款待你。恕我失礼，还是请你回到陆地上吧。跟你来时一样，我会派龟送你回去。"

看着乙姬殿下鬼气森森的表情，太郎一句话都说不出来。他安慰自己：这里已经不是原来那个快乐的龙宫，他这个外人最好还是赶紧离开为妙。

乙姬殿下把一样东西放到太郎面前。那是一个黑漆盒，上面系着红绳。

"这是一件宝物，叫玉手箱，请你带回去留作纪念吧。"

太郎收下了。

"我们龙宫的生灵即使到了外面也能维持原样，但是你不行。"

"这是什么意思？"

"浦岛阁下，请务必牢记，无论发生什么事，你都绝对不能打开这个盒子。"

太郎突然感觉自己再也听不懂乙姬殿下的话，顿时很是寂寞。可是，他只能点头答应。

这时，乙姬殿下总算恢复了温柔的表情。

"我会一直铭记着你。"

听到她的声音，太郎蓦然很是不舍。

七

太郎与龟一同走到了龙宫正门。蟹手执钢叉，两只大眼睛盯着他们。

"浦岛阁下要回去了。"

说完，龟不知为何递给蟹一只竹筒。

"蟹哥，这是我给你带的甜水。这次真是辛苦你了。"

蟹一下就露出了高兴的笑容，而且脸上好像还多了几分红晕。太郎来时就有所察觉，蟹其实很喜欢龟。不过这对他来说已经不再重要了。

蟹抽出粗大的门闩。大门敞开，露出了外面的海底世界。

"浦岛阁下，请坐到我背上来。"

方才那个美丽的姑娘已然不见，变成了他在沙滩上碰到的龟。太郎小心翼翼地抱紧玉手箱，坐在了龟的甲壳上。

返回陆地的过程很安静。难得周围有美丽的海底景色，太郎也快乐不起来。乙姬殿下马上就要惩罚比目了，她的惩罚究竟有多可怕呢？一想到那位美丽的乙姬殿下要做残忍的事情，太郎就感到莫名忧伤。

"浦岛阁下。"

不知离开龙宫多久，一直默不作声的龟开口道。

"比目为何插上了冬之间内侧的门闩呢？"

事到如今，她为何还问这种奇怪的事。

"可能是为了假装龙虾是自己勒死了自己吧。"

"这种谎言应该很容易被拆穿。若是把门打开，就永远不会有人知道是谁杀死了龙虾姐姐。能够化作白沙颜色的只有她，那就好像在承认，龙虾姐姐就是她杀的。"

是吗？不过听她这么一说，太郎觉得的确有点道理。

"说到化作白沙，比目从鱼形变为人形时，衣服会染上之前化身的颜色。浦岛阁下，你发现了吗？"

"没有……"

第一次见到比目时，她从黑色地板化为人形，身上的确穿着黑色的衣裳。

"发现龙虾姐姐的尸体时，比目穿着什么颜色的衣裳？"

龟在海中边游边问。太郎马上想起来了。比目身上穿着跟死去的龙虾一样的红衣裳。若她上一刻还混在白沙中，身上应该是白色的衣裳。

"难道说，她在秋之间隐于红叶偷看海牛，这些都是真的？"

"而且比目与龙虾姐姐关系很好，正是她们二人合谋传出了河豚姐姐下毒的谣言，害她被赶走了。"

龟没有回答太郎的疑问，而是说起了已经不在龙宫的河豚。

"河豚姐姐心地特别善良。我最喜欢姐姐圆润可爱的模样了。她绝对不可能给龙虾姐姐下毒，那是说谎。河豚姐姐离开龙宫时，给我留下了她的毒杯作纪念。"

"龟，你为何提起这件事？"

"权当是给你当伴手礼吧。我们快到了。"

哗啦一声，太郎的头探出了海面。久违的阳光异常刺眼。不一会儿，他就回到了那片熟悉的沙滩。

"就此别过了，浦岛阁下。请你保重。"

"嗯……"

太郎难以释怀地应了一句。龟朝他挥挥手，转身消失在浪花间，这场诀别显得格外干脆。

没过多久，太郎就察觉到沙滩不太对劲。

这里的确是太郎每日打鱼的海滩，周围的岩石和远处的大山都证明了这点。可是岩石旁边的小松树变成了高大遒劲的老树，树皮上长满了鳞片似的苔藓。太郎快步向母亲等待的家中走去。然而那已经不是太郎的家，竟成了从未见过的石头房子。石头……那真的是石头吗？他见都没见过这般洁白四方的石头。

太郎正感到不知所措，却见房子里走出一位老人。那位老人穿着上半身与下半身分开的奇怪衣物。

"你好，我想问问……"

太郎喊了他一声，老人顿时大吃一惊。

"唉，你这人模样好奇怪，跟浦岛太郎似的。"

"我正是浦岛太郎。"

"哈哈哈，好有意思。你说的浦岛太郎，是四百年前消失在这片沙滩上的人。"

四百年？

"别太当真了，那只是骗小孩子的故事。"

太郎早已听不见老人的笑声。

也不知他的身体怎么就自己动了起来，等太郎回过神来，已经又回到了沙滩上，呆呆地眺望着大海。

"啊！"

他的目光落到了手上。玉手箱。只要打开这个，说不定能明白些什么。他并非没有想起自己与乙姬殿下的约定，但无论如何都抑制不住心中的冲动。于是太郎解开绳索，打开了盖子。

盒中腾起一股白烟，太郎的双手转眼就布满了皱纹。

他在衰老。此时，太郎猛地想起来了。

"止时贝"是一种樱花色的神奇贝壳，只要将它带在身上，周围的时间就会变慢，如同静止。太郎在龙宫过了两天，而止时贝之力无法触及的外部世界，已经过了四百年。

"我们龙宫的生灵即使到了外面也能维持原样，但是你不行。"

太郎理解了乙姬殿下这番话的真意，继而回忆起他救下龟的事情。

当时，孩子们抢走了龟的止时贝，恐怕让她短暂离开了泡泡。尽管没有感觉，她的身体却变老了一些。龟在离开龙宫城时，可能跟比目和耳带蝴蝶她们一样，都是十四岁上下的女孩子。比目说："龟，你怎么这副模样了？"乙姬殿下说："哎呀，龟，你在海边受了不少委屈吧。"那都不是指她额头上的伤痕，而是在说龟的身体长大了一些。对龙宫的生灵来说，泡泡外面可谓时光飞逝。

"啊！"

太郎在烟雾中猛然醒悟了让冬之间成为密室的另一个方法。

那扇被珊瑚遮蔽的窗户。凶手可以把外面的珊瑚事先破坏掉，令窗户能够开合。然后，将龙虾骗到冬之间，用海带勒死，插上白木门的门闩后，从窗户爬出去，再若无其事地从门口走进来。珊瑚无须担心，只需把中庭正中央的大止时贝连同台座一起往西南方向移动即可。龙宫城的四角恰恰好包裹在大止时贝的泡泡中，如此一来，只要稍微移动台座，泡泡就会往西南方向移动，冬之间的窗户就跑到了泡泡之外。太郎陷入沉睡的三刻之间，泡泡外面已经过去了几十年，龙宫的珊瑚再次爬满墙壁，挡住了窗户！海牛不是也说，他看到中庭的台座和周围的岩石位置有些不对劲吗？

玉手箱还在往外冒烟，已经变得皮包骨头的太郎摇摇头，试图打消那个想法。然而，他又发现了证明这一说法的事实。

龙虾在冬之间遇害时，楼上八爪的房间应该也跑到了泡泡外面。所以计划这一切的凶手为了不被别人察觉，故意在那段时间让任何人都无法进入八爪的房间。然而，还是有人遭了殃。那就是遵照乙姬殿下吩咐，进去打扫房间的若子。尽管八爪的房间只有一小部分露在泡泡之外，不过若子打扫时经过那里，还是长大了一些。

"啊……"

太郎长叹一声。若子这种鱼长大以后，会经历鳅、稚鲕、鲕这几个阶段，他身为渔夫，怎么就忘了呢！那个走进乙姬殿下屋里、上半身赤裸的可疑中年男子，正是长成了鲕的若子啊！蟹捉拿八爪时打破了镜子，他在碎片中看见自己的身影，必然慌乱不已，连话都说不出来就跑去找乙姬殿下求助了。难怪太郎在春之间询问时，若子没有出现。因为那时若子已经被蟹赶出去了。

多可怕啊！究竟是谁定下了杀害龙虾的计划？

能用钢叉破坏珊瑚，打开大门的人只有蟹。他身强力壮，一定也能推动大止时贝和底下的台座。可是，龙虾很讨厌蟹，他肯定无法将她骗到冬之间去。

脑中浮现的结论令太郎深感绝望，从而泪流不止。惹怒了八爪，让他吐了一屋子墨汁，从而无人能够靠近的人。自称听到龙虾的呻吟，恐怕也是为了嫁祸给比目吧。她要对蟹动用美人计，唆使他帮忙也易如反掌。而且，只需把私藏的河豚毒当成慰问品送给蟹，就无须担心秘密泄露出去。她之所以把太郎带回龙宫，恐怕也是需要一个能够被她误导得出错误结论的、值得信任的外部人员。一切都是为了报复逼走河豚的龙虾和比目。

"啊，啊……"

太郎蜷缩在沙滩上。原本平静的涛声，现在也成了邪恶的低语。

他只想就此化作海沙，化作虚无。

太郎这样想着，不一会儿，意识就飘远了——

这是一片白沙耀眼的安静海滩，上面站立着一羽孱弱的鹤。鹤发出一声哀鸣，振翅腾空，化作一抹掠过寒冷青空的、寂寞的白。恐怕，它再也不会回到这里。

最后，只剩下无人的海边，无人的时间。浪花一波接着一波，不知疲惫地涌上沙滩，又缓缓退去。

绝海鬼岛

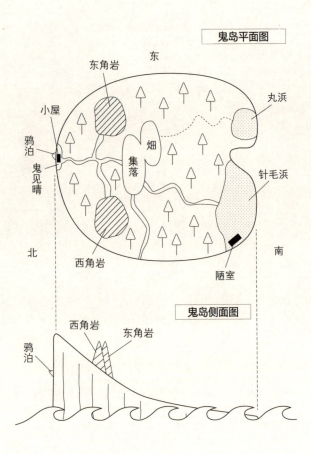

鬼岛平面图

东

东角岩

小屋

鸦泊

鬼见晴

北

西角岩

丸浜

畑

集落

针毛浜

南

陋室

鬼岛侧面图

西角岩

东角岩

鸦泊

西

一

很久很久以前，婆婆还小的时候，发生过这样一件事。

那时啊，这座鬼岛上住着四十个鬼，跟现在一样，大家都悠闲地生活在一起。

有一年来了场特别大的风暴，鬼长老领着众鬼逃到东角岩的洞窟里保住了性命，可是农田全都被毁了。雪上加霜的是，他们后来出去打鱼，也一点鱼都捞不上来。鬼们一个接一个地饿死了。那年真的好惨。岛上一直流传到现在的风暴忌讳和雨天不出门的习俗，全都始于那场风暴。

后来，一个叫鬼恕的年轻赤鬼站出来，发誓要救助饥饿的同伴。鬼恕领着两个小弟在针毛浜造了小船，提着铁棒坐上去，往海那边寻找食物去啦。

三天后，鬼恕他们回来了。船上堆满了大米、蔬菜、酒水，还有金银财宝。岛上众鬼大吃一惊，随后高兴极了。鬼长老问这些东西都是从哪儿来的，鬼恕告诉他，海那边住着一种叫人的生物。

　　我对鬼太说了很多遍，你一定知道了吧。人住在海那边，长着白色的皮肤。他们比鬼矮一点，长着黑色头发，头上没有生角，全身用布包裹，是一种奇怪的东西。鬼恕说，人听说鬼岛挨饿的事情，纷纷表示同情，分了许多食物和宝贝给我们。众鬼特别感激，都含着泪朝海那边合掌道谢。

　　那天晚上，众鬼久违地开了宴会。我们吃着人给的美食，喝着美酒，高兴得又唱又跳。那时，鬼恕走到快乐的鬼群中间，这样说道：

　　"诸位，我们不用再种田打鱼了。人已经答应，只要我跟小弟出现，他们就会送我们美酒佳肴和奇珍异宝。从明天起，我们就尽情玩乐吧。"

　　大家都很高兴，可是鬼长老那边有几个鬼表示了反对。他们大声反驳："怎么会有这种天上掉馅饼的好事？"如果不努力干活，老天爷就不会眷顾。众鬼正忙着高兴以后再也不用干活，自然不愿意听鬼长老他们的话。于是鬼恕一声令下，众鬼齐齐扑向鬼长老他们，七手八脚地把他们抬到东角岩的洞窟里关起来，还给铁门上了锁。

从那以后，众鬼便每日饮酒作乐，不事劳作。待酒食穷尽了，鬼恕及其手下便乘船到海那边去，带回人赠送的食物和财宝。众鬼全都乐在其中，谁也没有疑惑人为何要如此热心。

然后，便是一个黑云蔽日、风起云涌的日子。众鬼连日耽溺于酒食，个个酩酊大醉，躺在针毛浜睡得正香。不一会儿，一个青鬼醒了，发现海上漂来一叶小舟，轮廓眼看着越变越大。

一个孩子单脚踏在船边朝这边张望，身上的打扮很是奇怪。他上半身裹着织锦一样的布料，下半身则是一袭红布，脑袋上还包着什么东西。船上竖着貌似旌旗的玩意儿，写了几个从未见过的文字。那孩子白皮肤，黑色头发，可笑的是头上竟没有长角。青鬼一看就知道了，那分明是总给鬼恕美酒佳肴和奇珍异宝的人啊。他一定是想看看鬼岛长什么样子。想到这里，青鬼就跳到海里，想帮忙把船拉到岸上来，顺便跟人打声招呼。

就在这时，船上跳下一只褐色的野兽，叽叽叫着朝青鬼游了过去，反手就往他肚子上挠了一把。青鬼鲜血喷溅，又惊又痛，一屁股跌坐在水里。

紧接着，又有一只白色的野兽汪汪大叫着朝青鬼扑过去，一口咬向他的咽喉。

最后，一只羽毛黄绿色相间的鸟也朝青鬼飞了过来，用尖锐的鸟喙刺穿了青鬼的眼睛。

"众家臣，跟我来，把岛上的鬼杀个一干二净！"

人类小子如是说。

然后，海边就成了地狱画卷。猴子——那是长着红褐色毛发，唯有脸和屁股鲜红的可怕野兽，最擅长飞快地攀爬树木和悬崖峭壁。这家伙四处乱蹿，把躺在地上的众鬼挠得皮开肉绽。狗——那个牙尖嘴利的白色野兽接二连三地咬断了众鬼的喉咙。有的鬼两只耳朵都被撕下来了。锦鸡——羽毛黄绿色相间的鸟则四处飞舞，专啄众鬼的眼珠子。

野兽们袭击众鬼时，两腿直立走上针毛浜的，便是方才那个头上没有长角的孩子。

"我叫桃太郎。屡屡闯进村中夺取酒食财宝的恶鬼，有我桃太郎在此，绝不让你们继续作恶。看我将你们讨伐一空！"

众鬼在三只野兽的袭击中听到那番言论，惊得连话都说不出来。所有人同时回头看向鬼恕和他的手下，接着意识到，是鬼恕撒谎了。人并没有送东西给鬼恕和他的手下，是他们凭蛮力抢回来的。而那个率领可怕野兽的人类小孩儿桃太郎，必定是来找他们复仇了。

桃太郎看准鬼恕及其手下，从腰间抽出一把寒光闪闪的大刀，接着便从沙滩上冲了过去。只见他抬手一挥，宛如割草一般，霎时间砍下了鬼恕及其手下的脑袋。

桃太郎等人自然不可能相信众鬼受到了鬼恕的欺骗。一时间无论男女老少，鬼岛的居民们接二连三地被杀了。

很快，针毛浜就被众鬼的鲜血染成了蓝色，落下一阵可怕的静寂。当中只有一个奄奄一息的幼鬼，桃太郎拽着那孩子的角，强迫其抬起头，然后问道："鬼岛长老不在此处，去哪儿了？"

众鬼遭到桃太郎一行袭击，惨叫声一直传到了东角岩的洞窟里。被监禁的鬼都在担心外面发生了什么不好的事情。没过一会儿，又听见了敲打铁门的声音。

"你们都藏到里面去。"

鬼长老对其他追随者说。洞里有一对年轻夫妇，名叫鬼丸和鬼萤，他们还有个小女儿。遵照长老的吩咐，小夫妻抱着女儿跟其他鬼退到了洞窟深处。

"你就是鬼岛的长老吗？"

一见到桃太郎，鬼长老就猜到了针毛浜发生了什么，继而识破了鬼恕的行为。接着，他抢先一步开了口。

"岛上只剩我一个。我可以领你们到收藏财宝的地方，不过食物已经吃了，无法归还。作为交换，你可以取我的性命，就算我们两清了吧。"

鬼长老被拖出洞窟，把桃太郎等人带到了收藏财宝的西角岩洞窟。桃太郎在那里斩杀了鬼长老，然后将财宝搬到船上，与野兽一道意气昂扬地原路折返。那时有几件宝物被桃太郎扔下没要，至今仍躺在西角岩的洞窟里。

藏在洞窟深处的众鬼没有被发现。他们又等了一日，才敢下到海边。你们两人想必知道，鬼死后一日，就会浑身皱缩，变成腐烂橘子一样的颜色。幸存的众鬼哭着把死者的尸体抛进海中。鬼丸和鬼萤的女儿静静地看着那犹如地狱的悲凉光景……那女孩儿就是婆婆我呀。鬼岩当时还没出生，什么都不知道。现在啊……只剩下我这个老婆婆还知道桃太郎曾在鬼岛上做过多么可怕的事情咯。

唉……抱歉啊，想起这些，眼泪就忍不住流下来了。

鬼太，鬼茂，你们听好了。现在鬼岛上的鬼，都是鬼长老守护下来的子孙后代。你们要对鬼长老心怀感激，齐心协力过上遵纪守法的生活。千万不能欺骗伙伴，贪婪无度，否则桃太郎又会带着猴子、狗和锦鸡到岛上来。听到没有？

二

陌室的地板只是在沙地上铺了一层草席，到处都有突出的石块。鬼太闻着潮水的气息，枕着石头躺在地上。他很想睡觉，可是害怕得睡不着。

他们争吵的原因是晚饭的团子。只要岛上不下雨，无论早、中、晚，大家都在鬼长老家门前的空地上围着篝火，聚在一起吃饭。他们每天轮流盛饭，今天当班的是青鬼鬼茂。本来每个鬼能领到四个麦米团子，可是到了鬼太盘里，就只有三个。肯定是鬼茂故意漏掉了一个。

鬼茂那家伙最近跟父亲鬼松关系不好，整天心情烦躁。不仅如此，他还总说自己讨厌岛上的鬼，迟早要离开这座岛。今天白天，那家伙也找了鬼太的麻烦。当时他虽然忍了下来，可是事关吃食，就是另外一回事了。鬼太一把揪住了鬼茂。鬼茂恶狠狠地对他说："你这种小矮子只要三个饭团足够了。"鬼太闻言更是生气，对准鬼茂的脑门一把挠了过去。鬼茂也抬手挠了鬼太的脸。两人顿时打作一团，但很快被其他鬼分开了。

鬼孩子打架，双方同罪。鬼太和鬼茂都被荆棘藤蔓反捆了双手，让大人揪着脖领子带到了住在鬼岩家偏房的鬼婆婆面前，端坐着听她讲桃太郎的故事。

那是很久以前发生在鬼岛上的真事，鬼太无论听多少次都会害怕得发抖。猴子、狗、锦鸡，那都是些名字怪异、又凶又残暴的猛兽。而率领它们的桃太郎，则是个冷酷的人类小孩。鬼太还听婆婆讲过很多老鸥传下来的人类的故事。他们皮肤雪白，头发黝黑，最可怕的是竟然没有长角，真是想想就让他毛骨悚然。岛上的鬼就是被那样的桃太郎接连杀死了……

鬼婆婆讲完故事，村长鬼岩走了进来。他是岛上唯一的黑鬼，又是婆婆的弟弟，所以岁数应该很大了，然而他的体格精悍，一点都不输给年轻鬼。鬼岩让鬼太和鬼茂分开一个晚上，好让彼此冷静下来。于是，鬼太被哥哥鬼郎领到了针毛浜，关进这间陋室里。鬼郎给房门挂上铁锁，留下一句"晚安"就离开了。

好在现在是夏天，晚上并不冷，窗外还有月光，因此不会怕黑。然而，他独自待在这诡异的陋室里，难免会想到桃太郎和那些野兽。鬼太浑身一颤，抬眼看向窗外的大海。

据说桃太郎他们就是在这片海滩上岸的。要是他们今晚杀过来……第一个被干掉的不就是我吗？鬼茂那家伙好像被关到鬼见晴的小屋去了。鬼见晴位于岛北端的峭壁之上，肯定最后才会遇袭。这哪里算双方同罪啊。鬼太又害怕又不甘，差点就哭出来了。

就在这时，通往村庄的路上走来了两个鬼。

"鬼太啊——""睡了吗——"

鬼太一下就认出了夜空下的喊声。

"鬼百合姐，鬼梅姐。"

"啊哈哈，你还没睡呀。"

鬼百合与鬼梅两个鬼女笑着来到了门口。她们都比鬼太大几岁，鬼太一直把她们当成自己的亲姐姐。鬼百合是个身材纤细的桃鬼，手上拿着酒瓶和鱼干。鬼梅是个胖乎乎的绿鬼，抱着三捆木柴。

"两位姐姐，你们来救我了吗？"

"笨蛋，是来看着你。"

原来鬼岩命令她们两个过来，看着鬼太不让他跑了。

"真是的，你没事惹什么麻烦啊。"

鬼梅在陋室附近堆起了木柴，用打火石点燃。等火烧旺了，她们就开始烤鱼干，喝浊酒，谈天说地。两个鬼女聊的话题都是年轻男鬼。鬼百合说她喜欢鬼郎，因为鬼郎身强力壮。鬼梅则摇着头说鬼郎那样的太没品了，还是鬼广好。鬼百合听了马上反驳，鬼广那样的只会装样子，一点用都没有。

真无聊。鬼太重新躺下，闭上了眼睛。

姐姐们渐渐微醺，声音越来越大，似乎早就不记得鬼太在这里了。他虽然害怕桃太郎，还是很怀念刚才的安静。

三

"起来！"

突如其来的喊声吓得鬼太跳了起来，只见兄长鬼郎高大的身影出现在眼前。那双眼睛看起来就像狂怒的鲸鱼。鬼郎旁边还站着个瘦削的青鬼，那是鬼广，手上拿着锄头。鬼百合与鬼梅站在两人背后，担心地看着屋里的光景。

"鬼太，你何必把他给杀了？"

鬼郎说完，一把拽住了鬼太。

"啊？怎么了？"

"等等，鬼郎。"

鬼百合拉住了鬼郎。

"现在还不确定是鬼太干的呀。"

"肯定是他，这就是证据。"

鬼广看向手上的锄头。鬼郎依旧表情凶狠地盯着鬼太。

"我压根儿不知道出了什么事。谁被杀了？"

"鬼茂。"

鬼太感到眼前一黑。鬼茂死了？

"废话少说，跟我来。"

他被鬼郎揪着脖领子，一路拖拽到村里，路上听鬼郎把事情经过说了一遍——鬼茂昨晚被关在了岛北边悬崖上的鬼见晴小屋里，门上也挂了锁，而且那把锁比针毛浜陋室的锁更结实，村长就没派人去看守。等到太阳出来，该吃早饭了，鬼岩说可以原谅鬼茂，便派鬼郎去鬼见晴把他放出来。谁知他走到小屋门口一看，锁竟被石头砸开了。鬼郎大吃一惊，慌忙进屋查看，发现鬼茂失踪了。接着他又到屋外去找，不一会儿就找到了鬼茂。

鬼见晴的悬崖离海面有三百尺（约一百米）高，差不多中间的地方有个叫鸦泊的岩棚。鸦泊的大小不过两张榻榻米，上面躺着一个青鬼。仔细一看，那青鬼的脸被利爪挠得面目全非，青色的胸口也有无数伤痕。鬼郎喊了一声鬼茂，但是听不到回应，可见他是死了。

悬崖没有下脚的地方，很难下到鸦泊，若从底下爬上去，又苦于鬼岛北面波涛汹涌，极难靠近。于是，他只能先让鬼茂的尸体躺在那里。

此时，鬼岩家门前的空地上已经聚集了众鬼，大家围成一圈，鬼郎把鬼太扔到了中间。鬼太磕到了膝盖，一边用手揉着，一边环视周围的众鬼。

鬼岛上住着十三个鬼。

鬼岩（黑鬼）与鬼婆婆（黄鬼）姐弟。

鬼郎（赤鬼）与鬼太（赤鬼）兄弟。

鬼松（青鬼）与鬼茂（青鬼）父子。

鬼三（黄鬼）与鬼菊（桃鬼）夫妇，还有他们的女儿鬼百合（桃鬼）。

鬼兵（绿鬼）与鬼藤（赤鬼）夫妇，还有他们的女儿鬼梅（绿鬼）。

最后，还有自命不凡的孤儿鬼广（青鬼）。

众鬼聚在一起可谓色彩缤纷，鬼太却察觉到数量有点少。鬼茂死了，鬼婆婆腿脚不方便，他们俩不在倒是很正常，可他感觉另外还少了一个。

"鬼岩村长，应该是鬼太杀了鬼茂。"

鬼太正想看清楚是谁没来，却听见鬼广突然说话了。鬼岩上前一步，恶狠狠地盯着鬼太。看到那张黑脸的凶煞表情，鬼太忍不住抖了一抖。

"是真的吗？"

"不……不对！不是我！"

鬼太想抱住鬼岩的大腿，鬼岩却吼了一声"别碰我",还后退了一步。不知为何,他特别讨厌别的鬼碰他。

"不是我干的!"

鬼太又说了一遍。

"而且我昨天一直被关在针毛浜的陋室里,两位姐姐还在门口守着啊。"

众鬼齐齐看向两个鬼女。

"鬼太说得没错,我们在陋室门前看守了一晚上,一刻都没合过眼。我们点起火堆后,鬼太很快就睡着了,直到刚才鬼郎哥过来开锁,他都没离开过屋子。"

尽管鬼百合身上还散发着浊酒的气味,但她的证词成了鬼太的定心丸。可是,鬼广却坏心眼地反驳道:

"鬼太就是料到了你们会来,想办法溜出去把鬼茂杀了。"

他掬起一把黄如稻穗的头发夹到耳后,高高举起了脚下的锄头。

"这东西原本就放在监禁鬼太的陋室里。"

鬼太昨晚压根儿没发现屋里有那样的东西。

"只要有了这个,就能离开陋室。"

鬼广让周围的鬼让出空间,举起了锄头。

"天狗打嗝,嘿!嘿!嘿!"

他念叨着奇怪的句子,一锄头砸到地上。只见平地起了一阵风,地上多了个足以容纳成年鬼的大洞。

"这是藏在西角岩洞窟深处的宝物，名叫天狗锄。"

"没错，那的确是天狗锄。"

鬼岩接过话头。

"那是鬼恕以前从海那边的人类手中抢来的宝物。桃太郎一行不知这天狗锄的价值，便把它留在了岛上，活下来的鬼为了忘却那件惨事，一直将它收藏在洞窟深处。"

鬼广看向鬼岩，点了点头。

"鬼太一定是知道了这件事，预先从洞窟里偷出天狗锄，藏在了海边的陋室里。昨夜，他故意与鬼茂打架，让自己被关进陋室，在等到两个看守过来后，偷偷挖开了地面。

"陋室的草席底下就是沙子，如果有了神奇的天狗锄，就能在远离看守的陋室那头挖出暗道。鬼太从暗道溜出去，跑到鬼见晴的小屋杀死鬼茂，然后回到针毛浜的陋室，回填了暗道。"这就是鬼广的推断。

"那不对啊。"

鬼百合提出异议。

"就算鬼太在陋室反面挖了暗道，他去鬼见晴也要穿过村子。我们俩都能看见那条路。"

"就是就是。"

鬼梅也过来帮腔了。不过，鬼广似乎早已想好了如何解释。

"鬼太那家伙从西角岩的洞窟里偷了两件宝物出来。一件是鹤的羽衣。"

众鬼再次发出骚动。

"那是啥啊？"

"就是用仙鹤羽毛织成的神奇布匹。将它裹在身上，身体就会变得像风一样轻。"

"你说他是从天上飞过去的吗？"

鬼百合与鬼梅大笑起来，鬼广却一本正经地摇了摇头。

"那不可能。可是，他的身体可以变得像风一样轻盈，几乎没有重量。"

听了鬼广的话，两个鬼女顿时止住了笑声。鬼广一脸得意地继续道。

"这下你们明白了吧。鬼太离开陋室后，顺着海面走到了北边悬崖底下。北面的海波浪很高，但是只要能在波浪上行走，倒也不是不可能。"

"到了悬崖底下，然后呢？连我们鬼都很难爬上那个陡峭的悬崖。"

鬼梅说。

"这时候就要用到另一件宝物，打出小槌了。"

听到这里，鬼岩哼了一声。

"的确，西角岩的洞窟里也有那个东西。那是个能把所有活物随意变大变小的宝贝。"

鬼广满意地点点头。

"鬼太来到北边悬崖下，用打出小槌把自己变得跟悬崖一样大，然后爬上悬崖，重新变回原来的大小。"

他的推论实在太惊人，所有鬼听了都默不作声。那种事真的有可能吗？既然鬼广都这么说了，或许真的有可能吧。

"那小屋的锁要怎么打开？"

鬼百合姐，干得漂亮！鬼太心想。

"天狗打嗝，嘿！嘿！嘿！"

鬼广再次挥起天狗锄，挖了个大洞。

"这东西一下就能把锁打坏。"

鬼百合似乎也无言以对了。

"回到陋室后，鬼太应该把鹤的羽衣和打出小槌都扔进了海里。由于他还要用天狗锄把密道填回去，没办法扔掉，只好拿到陋室里。他可能打算过后再处理掉，但我鬼广可不是那么好蒙骗的。"

"你为何要做这种事？"

鬼郎双眼通红，使劲摇晃鬼太。

"不对，不是我！"

"别挣扎了！"

鬼广断喝一声。

"鬼太，你比谁都爱听鬼婆婆讲故事，不是吗？听了鬼婆婆从老鸥那儿听来的仙鹤报恩和一寸法师的故事，你早就熟悉了三件宝物的作用。"

鬼太确实很喜欢听鬼婆婆讲故事，也知道天狗锄、鹤的羽衣和打出小槌这几样宝物。可是鬼婆婆告诉他，千万不能看到实物，所以他不仅从未见过，更不知道它们都藏在西角岩的洞窟里。只是，周围哪个鬼都不想听他辩解。

"把鬼太捆起来！"

鬼岩一声令下，众鬼齐齐扑了过来。鬼太来不及抵抗，手脚已经被荆棘藤蔓死死捆住了。老鸥在天上盘旋，远远地看着这一切。

四

"混蛋……"

鬼太在黑暗中嘟哝道。这里是鬼岩家的仓库二楼，空气潮湿得很，还散发着一股霉味儿，还不如待在针毛浜的陋室里。而且他越挣扎，荆棘刺就越往他肉里扎。

"唉……"

鬼太有点想放弃了。反正一旦被鬼岩怀疑，他也没辙。

黑鬼鬼岩的父母就是昨天桃太郎故事里提到的鬼丸和鬼萤。桃太郎袭击鬼岛后，鬼丸成了新的首领，带领剩下的鬼重建了村落，是个了不起的鬼。可是鬼丸到了晚年，依旧悔恨自己还有许多未竟的事业，便在弥留之际把鬼岩叫到枕边对他说："你要替父亲完成未竟的事业。"生性认真的鬼岩为了完成父亲的吩咐，向来以严肃的态度对待鬼岛村长的工作。他坚决奉行鬼丸制定的风暴忌讳和雨天绝不出门的规矩，如果谁不遵守，就要被罚十天不能与其他鬼说话。在他的严格管理下，鬼岛一直维持着和平的日子。至少在鬼太懂事之后，村里就从未发生过杀鬼的事情。

鬼太心里充满了悲伤和憎恨。为了转换心情，他试图回忆鬼婆婆讲给他的故事。岛上只有鬼婆婆能听懂老鸥说话。老鸥经常飞到遥远的人间去，再把听来的宝物故事讲给鬼婆婆听。他得想想跟桃太郎无关的，别的故事……

过了一会儿，鬼太猛然回过神来。

对啊，这样就能证明我没杀鬼茂了。可是，他们会给我这个机会吗？

再说——鬼太又想，就算他能证明自己没杀鬼茂，也还是不知道真正的凶手是谁。究竟是谁呢？岛上的鬼都很疼爱鬼茂。鬼百合的母亲鬼菊还给鬼太和鬼茂做了一样的兜裆布。想不明白。在鬼岩的英明领导下，鬼岛的众鬼应该关系很好才对。这座岛上怎么会有狠心杀害其他鬼的……

"啊……"

鬼太脑中冒出一个想法。他觉得不太可能，可就是无法把它抛在脑后。说不定，灾难正在第二次降临鬼岛。

嘎吱——楼下传来响声，下楼的洞口透进了光芒。是谁把仓库门打开了。他听见一阵急促的呼吸，接着，兄长鬼郎把头伸了出来。

"鬼太，没事吧？"

鬼郎伸手去解鬼太脚上的荆棘藤蔓。接着，鬼广也走了上来，还对他说："对不起。"

"鬼太，这不是你干的。"

"那当然了，鬼广。"

鬼广比他大，鬼太一直管他叫哥，可是现在他太生气，就没加上尊称。并且，他还决定用刚才注意到的事实与鬼广对质。

"打出小槌……"

"不能把自己随意变大变小。你想说这个对吧？"

鬼广抢先开了口。

没错。一寸法师的故事讲道，只要挥舞打出小槌，嘴里念叨"变大，变大"或者"变小，变小"，就能随意改变眼前活物的大小。可是这个法术对自己并不管用。也就是说，鬼太不可能把自己的身体变大，在悬崖爬上爬下。

"我刚才也发现了。而且鬼兵叔后来告诉我，是他昨天白天把天狗锄拿到了陋室里。"

鬼兵是个绿鬼，比女儿鬼梅的身材还要圆润，号称岛上第一贪吃鬼。昨天他在针毛浜挖了很多蛤仔，可是没有开蛤的工具，碰巧想起西角岩那边有把锄头，就去找过来开蛤了。他在陋室美美地吃了一顿，稍事休息之后，竟忘了锄头的事情，拍拍屁股回家去了。

"我被怀疑的时候，鬼兵叔怎么没当场说出来？"

"当时大家都怀疑你，他就没能说出口。原谅他吧。而且还有比这更大的事情。"

鬼太很生气，不过鬼郎和鬼广都是一副出了大事的模样，于是他的怒气也消了。

"怎么了？"

"又有鬼被杀了。"

鬼郎一边解藤蔓，一边回答他。

"谁……谁被杀了？"

"鬼婆婆。"

五

鬼三和鬼兵坐在昨晚鬼太与鬼茂听鬼婆婆讲桃太郎故事的偏房里，鬼女都到哪儿去了？

"我们带来了。"

听了鬼郎的话，二鬼回过头来。现场惨烈的样子瞬间跃入鬼太的视线。

鬼婆婆仰天躺在房间正中，披头散发，翻着白眼，大张的嘴里露出了发黄的獠牙。鬼太从未见过如此骇人的场面，而最吸引他目光的，则是鬼婆婆肩上的伤口。那像是一把钝刀砍出来的伤痕，皮肉都被撕得七零八落。屋子里飞溅着蓝色的血液，鬼婆婆显然是因为剧痛失去了意识，最后慢慢死去的。

"女眷都怕死了。"

他正对眼前的情况无言以对，鬼岩正好回来了。

"鬼兵，我刚把女眷带到你家去了，还嘱咐让她们一步也别出来。"

"是。"

鬼兵低下头。这下他总算知道为何这里只有男鬼了。

其后，鬼太听众人说明了情况。他被关进仓库后，众鬼一边吃早饭，一边商量如何惩罚鬼太，唯有鬼百合一直否定那是鬼太干的。接着，鬼百合请求让她出去寻找鬼太没有行凶的证据，入夜前一定找到。她的诚恳感动了众鬼，于是鬼郎站出来帮腔，众鬼答应了鬼百合，就地解散。

不久之后，鬼岩到偏房去找鬼婆婆商量不久之后收割作物的事情，结果发现鬼婆婆成了这副模样。

"遗憾的是，凶手应该在我们中间。鬼太，只有你一个人明显不可能行凶。"

鬼岩说完，目光从姐姐的尸体转向了鬼太。

"啊？"

"最后一个看见鬼婆婆活着的人，是鬼梅，在早饭的时候。"

众鬼吃早饭时，鬼梅去偏房给鬼婆婆送了饭。当时她好像跟鬼婆婆说了几句话。从那时起，到鬼岩发现尸体的时间，就是鬼婆婆的被害时间。然而众鬼在那段时间都有独自一人的时刻，讽刺的是，唯独被关在仓库里的鬼太能摆脱嫌疑。

"按照鬼广的话，一个鬼也无法使用打出小槌将自己变大变小。鬼太，现在能信任的人只有你了。"

鬼岩这样说着，仿佛刚才那一切都从未发生过。

"鬼太。"

鬼郎搭着他的肩膀说。

"我们现在无法相信彼此。一想到岛上有个凶手杀了鬼茂和鬼婆婆，我就特别不放心。现在村中男鬼应该携手应付眼前的事态，可我们实在不知从何下手。"

"鬼太，要是你发现了什么，尽管说出来。什么都行。"

鬼广也加入了他们。鬼三和鬼兵全都鬼太鬼太地紧紧相逼。于是，鬼太决定说出自己的想法。

"我在仓库里想到了一件事。"

"哦，你想到什么了？"

众鬼满怀期待地看向鬼太。

"哥，你说你看到鸦泊的鬼茂尸体胸前有几道抓伤的痕迹，是吗？"

"嗯……是的。"

鬼太犹豫了片刻，因为他害怕说出那个名字。可他不得不说。

"我猜，会不会是猴子啊？"

鬼郎听了一愣，其他鬼也是同样的反应，只有鬼广理解了他想说的话。

"你是说故事里桃太郎手下的野兽吗？"

怎么可能？鬼岩摇了摇头。

"桃太郎一行到这座岛上来，那已经是很久以前的事了。当时连我都还没出生呢。"

"可是只要这样想，不穿过广场而能在鬼见晴杀死鬼茂的事情也说得通了。"

鬼太说。

"鬼婆婆说了，猴子这种野兽水性很好，还能轻松攀登树木和悬崖。只要能划船靠近悬崖，接着便可以游过去，然后爬上悬崖啊。"

"难道小屋的锁也是猴子砸坏的吗？"

"那是一种凶悍的野兽，砸锁应该轻而易举。"

"嗯……"

鬼岩似乎没有被说服。鬼太心里也知道，故事里的野兽杀了鬼茂，这种说法的确没有说服力。可是他看着鬼婆婆的尸体，开始确信自己的说法正确了。

"请看鬼婆婆肩上的伤，像不像被什么东西撕咬过？"

"嗯，的确像，但我们的鬼牙就能制造这样的伤痕。"

"鬼怎么会做如此残酷的事情。这是……"

"你想说是狗干的吗？"

鬼广抢先说道。看来，他已经有点赞同鬼太的想法了。

"你是说，桃太郎一行又偷偷上岛了？"

鬼郎霎时变了脸色。本来一脸不相信的鬼三和鬼

204

兵，显然也渐渐开始相信鬼太了。

"不知道。可是我认为，在我们互相怀疑之前，最好先看看是否有外人到了岛上来。"

"就是就是。""鬼太说得没错。"

可能想到这有可能不是岛上的鬼行凶，鬼三和鬼兵异口同声地表示了支持。

"鬼太，除了能飞檐走壁的猴子，恐怕谁也不能从岛的北边上岸吧。"

鬼三说。

"应该是的。不仅是北边，东西两边的悬崖也爬不上来。"

"昨晚你和两个姑娘待在针毛浜，也没看到谁从海里过来。"

"是的。"

"既然如此，外人要从什么地方上岛？"

众鬼看了看彼此。他们都知道哪里能上岛。

六

丸浜是鬼岛西南面的小沙滩，与针毛浜隔着一道海湾，在对岸树林的另一头。那里被郁郁葱葱的树木环绕，平时谁也不过去，但船可以拖上岸。

围绕村落东南面一大片农田的林子里，就有一条通往丸浜的小路。四个鬼正走在那条近乎兽路的小径上。

打头的是身材壮硕的鬼郎，后面跟着鬼广和鬼太，鬼百合的父亲鬼三殿后。鬼岩留在家中，鬼梅的父亲鬼兵也留下来充当护卫。鬼兵年轻时徒手逮过三条柳叶鱼，功夫很是了得。现在虽然身材臃肿了点，身手依旧跟从前一样。

鬼郎在前面挥动柴刀，砍掉挡路的树枝和杂草。

"鬼太，这条路看起来不像最近有人经过啊。"

鬼广转头对鬼太说。为了防身，他手上还拿着天狗锄。鬼太则提着鬼岩借给他的镰刀。

"有可能。不过若是桃太郎手下那些野兽，或许能钻过这样的地方。猴子可以爬树，锦鸡可以飞过去。"

"嗯，有道理。"鬼广转了过去，很快又扭了回来。

"等等，那桃太郎呢？人类没长翅膀，也不会在树上跳来跳去，那他不就只能走这条路了吗？可是你看，这上面没有任何人通过的痕迹。那搞不好桃太郎还在丸浜等着……"

鬼广的青脸越说越青，真不知今早用尽歪理声讨鬼太的那个鬼广怎么变成了这样。

"你现在有啥好怕的，我们本来就是为了找到外来者。"

鬼三在鬼太身后说。不愧是长者，果然遇事镇静。鬼广正不知如何回答，就听见鬼郎在前面喊了一声："喂，前面就是沙滩了。"鬼太和鬼三一起催促鬼广，走到了沙滩上。

丸浜比针毛浜小了很多，跟它的名字一样呈圆形。眼前是一望无际的大海，哪儿都看不到船的影子。嘿嘿，鬼广笑了起来。

"什么桃太郎，那就是个故事。我们都被鬼太这个胆小鬼耍了。"

"到底谁胆小？"

鬼太正要生气，却被兄长打断了。

"我们先下海洗洗吧。"

四个鬼下山途中都蹭了不少泥污。其余三鬼跟着鬼郎下到海里，洗掉了身上的污渍。

"这云很奇怪啊。"

鬼郎喃喃道。

"可能要下雨。"

鬼太看向天空，确实有黑云从海那边逼近过来。空中还有一只老鸥慢悠悠地飞着，仿佛在往这边招黑云。鬼太不禁想，那家伙可能看到了一切。如果他也像婆婆那样能听懂老鸥的话……鬼太越想越不甘心。

"鬼郎——鬼广——"

就在这时,山上传来了喊声。

"鬼三——鬼太——"

只见一个体形圆润如球的绿鬼从林子里连滚带爬地跑了出来。那是鬼兵。他穿过沙滩,也下到了海里。

"鬼兵,怎么了?你不是在守护鬼岩大人吗?"

"鬼……鬼三……鬼梅她……还有你家的鬼百合……"

鬼兵两眼通红。难道——

鬼太感到浑身冰冷。别说了,鬼兵叔,别说了……

"被杀了。"

鬼太眼前一黑。

七

鬼兵一家人住在村落的东侧边缘,隔着广场正对鬼岩的家。

鬼兵为了守护鬼岩,决定先回家取武器,可是越往家走,他心里就越发慌。因为无论什么时候,四个女的聚在一起肯定都会叽叽喳喳聊天,彼时家中却安静得有些奇怪。鬼兵带着不祥的预感，猛地拉开了大门。

门口已是一片蓝色血海。鬼女们重重叠叠地倒在地上。她们刚才可能在喝茶，只见围炉上吊着铁壶，茶杯也倒在地上，洒了一地茶水。

鬼兵拼命摇晃妻子和女儿的身体，呼喊着她们的名字，却没有得到回应。鬼百合与鬼菊也一样。他带着混合了战栗、愤怒和悔恨的感情，准备回到鬼岩家报告情况。就在那时，鬼兵发现西边的后门开着。那扇门外有条小路，一直通向岛西边的悬崖，他们通常从这里把垃圾带到海边扔掉。

杀了女眷的人可能还在附近。鬼兵冲出后门，顺着小路追过去，可是一直跑到西边的悬崖，都没有见到任何鬼影。悬崖底下只有惊涛骇浪，当然也看不见船只。为了找鬼帮忙，鬼兵就顺着农田另一头的兽道来到了丸浜。

他们原路折返，叫上待在家里的鬼岩，赶到了鬼兵家。

"这也太惨了。"

看到鬼兵家的情况，鬼郎感叹道。只见鬼藤仰天倒在围炉另一头，鬼菊俯伏着倒在她旁边，鬼百合则躺在围炉前方，双眼紧闭，鬼梅与她重叠在一起。四个鬼都是被尖枪一样的东西刺死的。

"鬼百合，醒醒啊，鬼百合！"

鬼三悲痛的叫喊没有得到回应，鬼百合露出雪白獠牙的嘴已经发不出任何声音了。鬼岩悲伤地看着死去的鬼女。

外面响起了隆隆的雷声，雨云可能已经覆盖了鬼岛。

"鬼百合姐……"

鬼太叫了她的名字，眼里涌出泪水。这个姐姐从小就对他很好，他第一次自己钓到鱼时，鬼百合姐姐特别替他高兴。今天早晨鬼广害他被众鬼怀疑时，也是鬼百合姐姐直到最后都相信他是无辜的。

不能哭，鬼太心想。他绝对不会原谅做这件事的凶手，一定要抓住他。鬼太凝视着鬼百合的脸，然后心中已经一惊。或许，他完全想错了。

"这一定是锦鸡干的。"

鬼兵搓着大肚子说。

"你们瞧这刺伤，像不像锦鸡的尖嘴。我之所以没追到凶手，是因为它从悬崖上飞走了。"

啊啊啊，又是桃太郎他们。鬼兵失去了冷静，鬼广却说了句话。

"等等，你们快看她们嘴边。她们都吐了血沫。"

鬼广刚才还很慌，此时已经恢复了冷静。众鬼依言查看，鬼三开口道："这是……"

"鬼首毒。"

鬼首毒是用鬼岛上自由生长的鬼首草熬煮制成的毒药，一般用来涂在吹箭上捕猎鸟和鱼类。曾经这座岛上很多鬼都用这种方法狩猎打鱼，可是一旦不小心被箭扎到，或是舔了碰过毒药的手指，就会立刻毒发身亡，可见其危险。这种毒药虽然没被禁止，不过现在还用它来做毒箭的，只有鬼兵了。

鬼兵面色大变，拿起墙边的踏板，站上去掀开一块天花板，伸手进去摸索。

"不见了。我放在这儿的吹箭和鬼首毒都不见了。"

众鬼顿时毛骨悚然。

"桃太郎一行用吹箭杀了鬼女吗？"

听了鬼郎的话，鬼太答道："不对。"

"桃太郎不需要吹箭，而且也不知道那里藏着吹箭。鬼兵叔，岛上有谁知道吹箭的事情？"

"鬼三知道。"

"嗯。"

"我还对鬼岩大人和鬼松提到过。"

此时，鬼太总算意识到他今早到现在一直感觉奇怪的是什么了。鬼茂的父亲，青鬼鬼松——他今天一直都没露头。

"话说，鬼松去哪儿了？"

鬼岩似乎跟鬼太同时注意到了。

"今天早晨我去找他说鬼茂的事情时，他就没在家。"

鬼郎的话让所有鬼都愣住了。

屋顶传来噼噼啪啪的声音，外面下雨了。鬼岛忌讳暴风雨，规定天上一下雨就要躲到近处的房子里，雨停才能离开。

"鬼松最近似乎很烦恼儿子的事情，现在他儿子都死了，他怎么反倒不见了。"

鬼岩说。

鬼太倾听着大雨的声音，脑子变得异常冷静。他感觉自己好像要有所发现了。

——最近鬼茂和父亲关系很差，他甚至说自己讨厌鬼岛。鬼茂的体格跟鬼松很像，远远一看很难分清彼此。鬼茂落在鸦泊的尸体被撕得面目全非，几乎看不出本来面貌。

"原来如此。"

"鬼太，你怎么了？"

"鬼茂没有死。鸦泊的尸体是鬼茂的父亲，鬼松叔。"

听了鬼太的话，众鬼顿时倒抽一口气。

"鬼松叔昨晚可能偷偷跑去鬼见晴，砸坏门锁把鬼茂放了出来。然后鬼茂把鬼松叔杀了，再把脸弄得面目全非，最后扔到了鸦泊那儿。他跟父亲体形差不多，又都是青鬼，只要不凑近看，大家可能都会以为是鬼茂死了。而鬼茂有了死尸当替身，就能藏起来大开杀戒。"

"你胡说什么！为何鬼茂要杀了大家？"

"那家伙很讨厌鬼松叔。不只是鬼松叔，他还很讨厌这座岛。"

鬼广抢先回答了鬼郎的问题。

"上回我纠正他做火锅的方法，反倒被他瞪了一眼。我从没见过鬼茂脸上露出那么可怕的表情，甚至感觉到杀意了。"

鬼广的话似乎印证了鬼太的说法。鬼三、鬼兵和鬼岩都点了点头。

"开什么玩笑？！如果这是真的，那我要再去确认一遍。"

鬼郎拿起放在脚下的开山刀，可是刚拉开门，外面的雨水就打了进来。

"鬼郎，不行。雨天不能外出。"

鬼郎不听鬼岩的劝阻，埋头冲了出去。鬼太不能放任兄长一个人涉险，只能握紧镰刀，追了上去。

八

在雨中奔跑远比想象中的艰难。不仅脚下打滑，雨打在脸上也很痛，而且全身冰凉。尽管如此，鬼太还是一路追赶着鬼郎，一口气跑上了山坡。鬼见晴上狂风阵阵，连眼睛都很难睁开，但鬼太还是趴在鬼郎身边，跟他一起低头看向鸦泊。那里确实躺着一具青鬼的尸体，但是面部损伤严重，很难分辨长相。

"那是鬼茂还是鬼松？"

鬼广也追了上去，学着他们的姿势俯视下方。三个鬼凝神注视了一会儿，但毕竟距离遥远，雨势又猛。远在鸦泊下方的惊涛一波又一波地在峭壁上撞得粉碎。

"看不出来啊……"

鬼郎无力地说。

"不管那是鬼茂还是鬼松，反正他们俩之中有一个拿着鬼首草的毒箭，躲在什么地方。"

"他想把我们都干掉吗？"

鬼广用颤抖的声音问。

"谁知道……"鬼郎只是嘟哝了一句。就在这时，鬼太突然惊呼一声。

"鬼兵叔和鬼三叔呢？"

"鬼岩叔要遵守雨天不出门的规矩，他们俩就留下保护鬼岩叔了。"

鬼广回答。

"我们还是待在一块儿更安全吧。"

鬼太想，就算凶手又用毒箭行凶，旁边的人也能看出吹箭飞来的方向。如此一来，犯下可怕凶案的鬼茂或者鬼松就会被逮住。

三个鬼浑身泥泞，快步跑下山坡。

"嗯？"

快到鬼兵家时，鬼郎停住了脚步。他发现门是开着的。这太奇怪了。三个鬼同时加快脚步，走过去一看——

鬼女边上又多了三具尸体。

一具黑鬼的尸体俯伏在地，一个体态圆润的绿鬼压在他头上，旁边则躺着瘦削的黄鬼……

"鬼岩叔，鬼兵叔，鬼三叔！"

鬼太跑进去呼唤他们的名字，但三个鬼显然已经死了。黑色、黄色和绿色的身体上残留着跟鬼女一样的无数刺伤，尸体周围已经成了蓝色的血泊。

"又是鬼首毒。"

鬼广看了一眼鬼三的面部，满脸惊恐地说。

"混蛋！"

鬼太大喊一声，鬼郎制止道："小心点。"

"凶手可能还在屋子里，说不定离我们很近。现在只剩下我们三个了，谁也别离太远。唯有这样，我们才能活下来。"

鬼太注视着兄长的脸，紧张地咽了口唾沫。

九

鬼太他们转移到了远比鬼兵家更坚固的鬼岩家。他们把正门和外廊紧紧关闭，屏息静气地藏在里面，也不知过了多久。房子虽不至于被风雨掀翻，但外面的雨声非但没有变小，反而越来越大，让三个鬼越来越不安。

"我肚子饿了。"

"现在不是说这种话的时候。"

鬼郎两眼充血，瞪着紧握天狗锄的鬼广。

"我们得活下去。等雨停了能自由活动，我们就去把那家伙逮住。"

鬼郎在黑暗中龇起獠牙，正可谓一副恶鬼模样。鬼广正没精打采地缩成一团，鬼太把心中一直怀有的疑问说了出来。

"鬼广，鬼岩叔、鬼三叔、鬼兵叔他们真的是被鬼首草毒死的吗？"

"嗯……鬼三嘴里都是血沫，你也看见了吧。他们身上那些伤口是凶手为了嫁祸给锦鸡留下的。鬼松或是鬼茂一定躲在房子后面偷听了我们的说话，趁我们三个去鬼见晴，屋里只剩下他几个时发动了袭击。"

"那三位叔身上怎么也有刺伤？凶手应该知道我们早就发现不是锦鸡干的了。而且……"

"少废话。"

鬼郎拍了一下鬼太的脑袋。

"他们都被杀了。"

这点没错。身上那么多刺伤，没有哪个鬼能活下来。鬼太还是有个疑问，但他觉得最好别再开口惹恼兄长。而且鬼广也忙着瑟瑟发抖，顾不上其他了。

鬼郎突然站了起来。

"鬼茂、鬼松叔，不管你是谁，都别躲着了，赶紧出来吧！"

他大喊着，举起开山刀胡乱挥舞。鬼太觉得那完全出于对看不见的敌人的恐惧。

就在这时——

外廊的木门板突然被敲得震天响。

三个鬼面面相觑。那不是雨，也不是风……现在

岛上应该只有他们三个鬼还活着。若是动物便也罢了
……鬼太心里正祈祷着，门板又响了。

"啊！救救我！"

鬼广抱头哀号。

"吵死了！"

鬼郎走了过去，用力拉开门板，雨水霎时间打了
进来。

"……嗯？"

鬼郎凝视着外廊正对的广场。那是众鬼聚在一起
吃饭的地方，而篝火的残骸旁边，赫然躺着一个青鬼。

"那……那是……"

鬼广抓着天狗锄跑了出去。鬼郎和鬼太紧随其后。
他们来到被雨水拍打的篝火残骸旁边，看向面朝虚空
的青鬼的脸——那是鬼茂的父亲，鬼松。他跟儿子一样，
胸前同样布满了宛如被利爪撕开的痕迹。

"这是怎么回事？这不是鬼松叔吗？"

大雨中，鬼广扑向了鬼郎。鬼岛上只有三个青鬼，
除了鬼松和鬼茂，剩下的就是鬼广。既然鬼广在这里，
鬼松的尸体躺在地上，那鸦泊的青鬼尸体果然就是鬼
茂。一直在鬼岛上大开杀戒的鬼，既不是鬼松也不是
鬼茂。

"哈——哈哈——哈哈哈。"

鬼广张开大口，仰天长啸，仿佛在痛饮雨水。

"我知道了，我知道了。就是你们！你们两兄弟把所有鬼都杀了！真是演的一出好戏啊！哈，哈哈——哈哈。"

他的语气虽然恢复了平时的装腔作势，表情却变得很奇怪。

"鬼广，你冷静点。你不是一直跟我们在一起吗？我们哪有时间搬运尸体，又如何敲门？"

"天狗打嗝，嘿！嘿！嘿！"

天狗锄擦着鬼郎的鼻尖落下，在地上凿开一个大洞。

"你觉得我信吗？！"

鬼广冷冰冰地看着鬼郎，紧接着发出尖厉的笑声，开始挥舞天狗锄。

"别跟过来，否则我杀了你！"

鬼广扔下这句话，朝着通往鬼见晴的山路跑了过去。鬼太想追，却被鬼郎拉住了。

"哥，你干什么！不能让鬼广一个人待着！"

"现在过去更危险。你听好了，咱们应该关紧门窗，老老实实待在屋子里。"

鬼太被鬼郎强行拽进了屋里。

十

不知不觉，雨声变小了。虽然没有停下，但雨势应该平息了很多。鬼太与兄长背靠背坐着，一动不动。兄长握着开山刀，鬼太握着镰刀……

鬼太回想起鬼岩、鬼三和鬼兵暴毙的场景。

太奇怪了。他应该告诉兄长吗？嗯，应该告诉他。

"哥……"

"鬼太，有件事我一直很在意。"

就在他下定决心时，鬼郎先开口了。

"你为什么不是第二个被杀死的？"

"啊？"

"这太奇怪了。你被关在仓库里，手脚都捆住了。而且谁都不会靠近仓库。如果凶手要杀了大家，不应该先从简单的下手吗？当时最好杀的鬼不是婆婆，而是你。"

"话虽如此……那又如何？"

鬼太感到背后冒出冷汗。兄长站了起来。他回过头，发现开山刀赫然对着自己。

"鬼太，你别想骗我。"

"你说什么呢？快把刀放下。"

"你有帮凶。你为了跟那人独占鬼岛，就把别的鬼都杀了。那个帮凶是谁？老实交代！"

"我没有帮凶。大家都死了呀。"

鬼太轮番看着寒光闪闪的开山刀和鬼郎冷静得可怕的脸，急忙辩解道。

"哈哈！"鬼郎大笑一声。

"是鬼百合吗？你小子喜欢她对吧？"

"鬼百合姐已经死了。"

"真的吗？我可没亲自检查过鬼百合的尸体。搞不好那家伙在装死，其实还活着。"

鬼太仿佛在悲痛中抓住了一线希望。

"没错，哥。有个鬼在装死。但那不是鬼百合姐。你听我说，鬼兵叔家里……哇！"

鬼郎一刀砍了下来。他的目光的确充满了浓浓的杀气。鬼太逃向外廊，拉开门板跑了出去。鬼郎则口角流涎，面目狰狞地追了过来。

"站住！"

"哥，你听我说！"

鬼太试图跑进鬼兵家。只要让兄长再看一眼鬼百合的尸体，他说不定就相信了。

然而他很快意识到这样不行。若是逃到没有出路的房子里，搞不好瞬间就要被逼到角落一刀砍死。兄长本来是个温和的人，但是恐惧让他丧失了自我。不行了……不，还有鬼广。尽管他靠不住，但身强力壮的兄长已经变成这样，他也没别的办法了。

鬼太带着一线希望，跑向通往鬼见晴的山路。

"杀了你！杀了你！"

鬼郎挥舞着开山刀一路狂追，本来就红的鬼脸更是憋足了怒气与癫狂。

鬼太转眼就跑到了鬼见晴，但是没见到鬼广。他莫非在小屋里？

"站住！"

他刚摸到小屋的门，就被鬼郎抓住了肩膀。回头的瞬间，一阵疾风掠过脸颊，只见开山刀擦着鬼太的脑袋，深深砍进了小屋的门板里。鬼太推开鬼郎，逃向悬崖。

鬼郎拔出开山刀，朝鬼太扔了过去。鬼太慌忙蹲下身子，开山刀从他头上飞过，径直落进了海里。鬼太顺着那个轨迹看过去，不由得大吃一惊。

下方的海面上竟然漂浮着一具青鬼的尸体。隔得再远他也能看出来，刚才还活生生的鬼广已经闭上了眼睛，任凭波浪推动身体。

"啊，鬼广也被干掉了。他落到……呃！"

鬼太刚回过头，就被鬼郎掐住了脖子。兄长已经听不到他的话了。鬼郎的手渐渐加重力道，鬼太的视线开始模糊。

"咕……不要……不要……不要啊！"

鬼太用爪子挠了一把兄长的手。鬼郎顿时放松了力气。

"啊啊啊啊！"

他不知从哪里来的力气，以左脚为轴，右脚一蹬，翻过了身子。鬼郎失去平衡，身体一晃，在悬崖边上一脚踩空，号叫着从鬼太的视野中消失了。坠落的途中，鬼郎一头撞到鸦泊边缘，号叫声就此消失，片刻之后，他魁梧的身体也被白色的波涛吞没了。

小雨又下了好久。

鬼太干呕着看向底下的波涛。只见鬼郎高大的红色身躯漂浮在鬼广瘦弱的身体旁边，随着浪花摇摆。小雨还在下。

鬼太站起来，往回走去。他已经筋疲力尽，连双腿都不像是自己的了。

他走在通往村庄的熟悉的破路上，但身边已经不会再有同伴。

大家都死了。这座绝海鬼岛之上，只剩下他一个人。

再也没有——鬼太突然停下了脚步。

他抬起头。

前方有个分腿而立的身影。

他在故事里听过那样的白色皮肤。那个身影头上包着东西，右手握着刀。

"啊。"

不知为何，他的释然胜过了恐惧。原来，世上真的有人肤白如此。

他在雨中高举大刀，向鬼太扑了过来。滚烫的东西穿透了鬼太毫无抵抗的前胸。他的胸口流下一缕蓝色的鲜血，跪倒在地，继而仰天躺在了泥泞的道路上。

"果然，是你啊——"

鬼太对那个抽刀准备给他致命一击的身影开口道。

"桃太郎。"

利刃从天而降，刺透了鬼太的身体。

那是一座被大海包围的小岛，岛上耸立着两块尖锐的岩石，远远看去像鬼一般。岛上阴云密布，小雨把那里染成了悲伤的颜色。

那座再也感觉不到众鬼气息的小岛上空，盘旋着一只老鸥，它低头凝视着小岛的命运，不一会儿便飞向了海的彼方。那灰色的身影，似乎放弃了希望。

十一

吉备国桃流谷 某老猴说给众小猴的故事

今天把你们叫来不为别的，就是听听桃太郎和鬼岛的故事……没错，老朽已经给几个大猴儿说过了桃太郎武功盖世的奇闻。但是昨天老鸥飞来，又给老朽说了新的故事。

先来说说小猴儿们没听过的——鬼的故事吧。

鬼是一种可怕的怪物。他们像岩石一般高大，腰间缠着虎皮，毛蓬蓬的脑袋上长着牛一样的角。鬼的颜色有好几种，黑的、红的、蓝的、黄的，或是绿的、桃的，绝不会有人那样白色的皮肤。

鬼都住在海上的鬼岛，以前会跑到人类的村子里抢夺食物、美酒和他们四处收集来的神奇宝物。遭殃的不只是人，鬼从海上一路跑到人类的村庄里，途中捉住林子里的动物就杀了吃掉。我们猴族也被捉去不少呢。当时爷爷还年轻，心里好不甘心，便每日勤学苦练，发誓总有一天要干掉恶鬼……不是说老朽，是说老朽的爷爷。没错，所以这是好久好久以前的故事啦。

有一天，爷爷正在修炼，途中正要穿过人类的道路，却见一个二十出头的人类青年带着一条狗从山里走了出来。那人身穿锦衣，腰上挂着个口袋，里面飘出了好香好香的味道。爷爷正好饿了，便顾不上分辨那是什么，走上前去问青年能否给他点吃的。

青年自称桃太郎，对爷爷说只要愿意帮他打鬼，就给他吃的。仔细一问，原来跟人在一起的狗也被杀了父母兄弟，决心与桃太郎同去报仇。这可是做梦都想不到的好机会，爷爷当场便决定跟他们同去。那时桃太郎给爷爷的就是吉备丸子，你们知道吧，现在偶尔也有人类带到山里来送给咱们。

接下来的路上，他们又遇到了志同道合的锦鸡。就这样，爷爷跟随桃太郎一行乘船渡海，登上了鬼岛。众鬼身手敏捷，个个强悍，但也敌不过日夜修行的爷爷。他甚至没有让桃太郎、狗和锦鸡出手，凭着轻盈的动作和锐利的爪子，一只猴干掉了三十个鬼。

猴族的头脑本来就比其他兽族灵光一些，只要动起真格，也能使出强大的武力。生而为猴，真是万幸啊。

先不说这个。把海滩上的鬼全都干掉之后，桃太郎开始寻找他们被抢走的宝物。他们一行在鬼岛南边的海滩上岸，要走过一条陡峭的山坡才能到达北边的悬崖，途中东西方向各有一座像尖角一样矗立的巨岩。东边的巨岩底下有个大洞，洞口安着铁门，还挂了一把大锁。

桃太郎把锁砸开，里面出来一个老鬼。老鬼告诉他，宝物都藏在西边的岩洞里。桃太郎毫不留情地砍了那个鬼，从西角岩的洞窟里搬出宝物，全都运到了船上。接着，他就让爷爷、狗和锦鸡先回去。

要是有鬼活下来，过后可能会寻仇，于是桃太郎要留在岛上，看看是否还有漏网之鬼。

爷爷他们不愿意扔下桃太郎一个人，可桃太郎不听，吩咐他们快些回去，把宝物还给村里的人。爷爷他们没办法，只好先走了。当然，掌舵的是爷爷，狗和锦鸡压根儿派不上用场。

好了，从这里开始，就是昨天遇到老鸥前，老朽所知的故事。

原来，连爷爷他们都不知道桃太郎留在鬼岛的理由。其实打开东角岩的铁门时，桃太郎已经看到老鬼后面还有其他鬼了。当中有个美丽的女赤鬼，说白了，桃太郎是一眼就相中了她。他把爷爷他们打发走，当即回到东角岩，命令其他鬼不得离开洞窟，接着把那个叫鬼萤的女赤鬼拽到了村子的空屋里。而且，他竟然还跟鬼萤住了下来。

桃太郎对鬼萤很好，鬼萤一开始还很害怕，后来也慢慢喜欢上了他。然而，他们的生活并没有持续很久。

约莫过了一个月，锦鸡奇怪桃太郎怎么还没回来，便一路飞到鬼岛，发现了实情。他大吃一惊，慌忙劝说桃太郎回心转意。桃太郎似乎也为自己充满矛盾的生活烦恼不已，左思右想之后，决定离开鬼岛。

桃太郎饱受离别之苦，实在提不起力气杀掉其他活下来的鬼，甚至还把自己的刀送给了鬼萤，让她"好生保管，就当这是我的化身"。

桃太郎离开后，剩下的鬼总算松了口气，并把鬼萤当成他们的救命恩人。但是不久之后，出了一件大事。鬼萤生下了一个男孩，但那孩子虽然头上长角，却全身覆盖着鬼绝对没有的雪白皮肤。原来，鬼萤竟怀上了桃太郎的孩子。丈夫鬼丸逼迫鬼萤杀了那孩子，但鬼萤不愿意。由于妻子是救命恩人，她说不愿意，鬼丸也无法强求。那孩子被命名为鬼岩，为了瞒着其他鬼，不让他们知道那是桃太郎的孩子，夫妻俩就把他全身涂满煤灰，伪装成了黑鬼。

鬼丸担心鬼岩身上的煤灰被冲掉，便以那场惨烈的风暴为借口，制定了忌讳风暴，雨天不准外出的规矩。另外，他还再三叮嘱鬼岩，绝不能与别的鬼发生触碰。

鬼岩并不知道自己是鬼和人生下的孩子，然而随着他渐渐长大，还是意识到不能让外面的鬼发现自己的白皮肤，便开始主动用煤灰涂抹自己。

就这么过了几十年，鬼萤死了，不久之后连鬼丸也死了。鬼丸弥留之际，给鬼岩留下了一句"你要替父亲完成未竟的事业"。鬼岩一直很尊重父亲，便按照自己的理解，成了领导众鬼的鬼岛头领。

又过了几十年，鬼岩已经完全成为村子的中心人物。那时目睹过桃太郎一行血洗鬼岛的人，只剩下鬼丸和鬼萤的亲生孩子了。那个鬼女被众鬼尊称为鬼婆婆，她为了隐瞒鬼岩是桃太郎之子的事实，一直给岛上的孩子讲述桃太郎的故事，作为告诫他们的手段。

当然，她略去了桃太郎留在岛上与鬼萤生活的情节，主要是为了帮鬼岩隐瞒这个事实。因此她故意把当时二十出头的青年桃太郎说成了一个孩子。

然而不久以前，鬼婆婆意识到自己死期将至。可能因为老糊涂了，她开始犹豫是否应该把鬼岩的身世秘密带进坟墓，还跟老鸥商量了这件事。

那时，赤鬼鬼太和青鬼鬼茂这两个十岁出头的孩子打了一架，众鬼把他们俩带到了腿脚不便闭门不出的鬼婆婆那里，让他们听鬼婆婆讲桃太郎的故事。

然后，鬼太被关到了鬼岛南面海滩上的陋室，鬼茂则被锁进了北面悬崖上的小屋，各自在里面反省。鬼婆婆讲完桃太郎的故事，心有所感，觉得还是应该把事实告诉鬼岩，便叫来了弟弟，对他道出隐瞒了几十年的真相。

老鸥躲在偏房后面听了姐弟的谈话，并记得鬼岩当时并没有流露出慌乱的模样。他心里可能隐隐约约知道自己身上流淌着桃太郎的血。可是那时，鬼岩想起了鬼丸临终时说的那句话——"你要替父亲完成未竟的事业"。

鬼岩是个认真死板的鬼，一直以为这句遗言是让他完成鬼丸未竟的事业，可他现在得知自己真正的父亲是桃太郎了。桃太郎未竟的事业是什么？你们都是世上最聪明的猴族，自然都猜到了吧。

鬼岩苦恼再三，最终认定自己必须执行鬼丸的遗愿。于是，他花了一个晚上，制订了打鬼的计划。

鬼岩第一个盯上的，就是鬼茂的父亲——青鬼鬼松。他趁鬼茂不在，溜进鬼松家中勒死了鬼松，然后将尸体抬到自己家里，藏在了地板底下。鬼都是力大无比的生物，即便年老，也能轻松抬走一个鬼。

接着，鬼岩来到鬼见晴，打开小屋门锁，杀了正在熟睡的鬼茂。他在鬼茂胸前留下我等猴族最擅长的抓伤，又毁了他的面孔，把他扔到悬崖中间突出的鸦泊上，最后急匆匆地赶回了村子。老鸥说，当时朝阳已经在海的那一头升起来了。

等到众鬼醒来，鬼岩下令放出鬼茂，并派年轻的赤鬼鬼郎到鬼见晴去，让他发现了鬼茂的尸体。众鬼虽然发现鬼松不在，但因为鬼茂的事情，并没有细想下去。

过了一会儿，鬼郎又跟一个叫鬼广的青鬼到海边去找被关在那里的鬼太和负责监视他的两个鬼女，把他们带了回来。鬼广得意扬扬地吹嘘了鬼太杀死鬼茂的推理，迫使众鬼把鬼太关进了仓库，然而那对鬼岩来说并不重要。

鬼岩又杀了腿脚不便闭门不出的鬼婆婆，劈开她的肩膀，还亲自留下撕咬的痕迹，装成狗的所为。接着，鬼岩把四个鬼女集中到一个地方让她们喝茶，用自己做的毒药成功毒杀了鬼女。他又在鬼女身上留下枪尖戳刺的痕迹，装成锦鸡所为。

他之所以伪造桃太郎家臣杀鬼的痕迹，恐怕是为了让剩下的男鬼陷入混乱，方便自己大开杀戒。众鬼发现鬼婆婆时，这个计策的确起了作用，但是到发现鬼女的尸体时，就没那么顺利了。鬼广这个装模作样的青鬼发现鬼女嘴角流出了血沫，突然指控使用有毒吹箭的鬼兵毒杀了她们几个。

鬼岩顿时急了，霎时决定把天亮前杀死的鬼松拿出来扰乱众鬼。他先提出鬼松怎么不见了，接着暗示鬼松最近正在烦恼他与鬼茂父子俩的关系。后来，是鬼太说出了鬼岩故意引导他们产生的想法，也就是鬼松天亮前放出鬼茂，鬼茂却将他杀死，毁坏面容后扔到鸦泊上伪装成自己的身体，接着杀了其他的鬼。这下众鬼肯定要到鬼见晴去再看一看鬼茂的尸体。

鬼岩一开始可能打算借口自己腿脚无力，不跟他们爬坡，然后趁机杀掉留在村里保护他的鬼，而当时又正好下雨了。年轻的三个鬼如他所料，执意要去鬼见晴查看鬼茂的尸体，年长的两个鬼遵守规矩留了下来。

鬼岩用毒箭杀了那两个鬼，返回家中拖出鬼松的尸体，还在那个青鬼身上涂满了煤灰。鬼岩为了掩鬼耳目，从小就给自己涂黑，所以只消一会儿工夫，便熟练地把青鬼涂成了黑鬼。

他让鬼松的尸体俯伏在地，又将其余两个鬼的尸体搭在上面，以免让人看清黑鬼的面容。由于鬼松早已死去，用枪戳刺也不见出血。上面两鬼流了那么多血，恐怕也是为了隐瞒这个事实。剩下的三个年轻鬼看到全身刺伤的三具尸体，自然以为岛上唯一的黑鬼——鬼岩也被杀死了。

三个小鬼怕了，一直躲在鬼岩的宅子里，要把这些警觉的小鬼一口气杀掉非常困难。于是，鬼岩又做了件更大胆的事情。他拖出刚才用来当替身的鬼松，让雨水冲掉尸体上的煤灰，令其重新变成青鬼，出现

232

在三个小鬼面前。只要将尸体朝天翻过来，就能挡住背上的刺伤。鬼郎、鬼广和鬼太这三个小鬼压根儿没想到这具尸体是刚才看到的尸体，又因为他们怀疑的鬼松已死，鬼茂也确实没有活下来的事实感到绝望，并陷入了混乱。

不得不说，鬼岩干得真妙。他不仅用一具尸体充当了两个鬼，让尸体对上数目，还通过提示青鬼并非替身尸体，让三个小鬼忽略了黑鬼可能是替身尸体的事实。

你们几个小猴儿可能会问，鬼岩为何要急着把所有鬼都杀了。那是为了巧妙利用鬼松的尸体。鬼这种东西，一死就很快腐烂，只消过上一日，尸体就会像坏掉的橘子一样干枯发皱，不管原来是什么颜色，都一律变成褐色。到时候鬼岩就无法用尸体当替身，也不能让鬼松的尸体再次出现在活着的鬼面前，令他们陷入混乱了。

鬼岩飞快制订的计划很是顺利，三个小鬼陷入了恐惧和混乱的深渊。首先，鬼广独自离开，逃向了鬼见晴。鬼岩用毒吹箭轻易解决掉他，把尸体扔进了海里。接着，鬼郎由于过度恐惧而精神错乱，追赶鬼太来到了鬼见晴。兄弟俩一番打斗，最后竟是鬼郎不敌弟弟，坠下了悬崖。

最后只剩下鬼太这个小娃子。鬼岩似乎早就决定，要用父亲留在岛上的刀解决掉最后一个鬼。于是他给自己缠上了故事里听来的头带，出现在鬼太面前。鬼太当时一定大吃一惊，因为已经死去的村长竟重新出现，还对他举起了大刀。

不，可能不是。鬼岩淋了这么长时间的雨，身上的煤灰恐怕早就被冲掉，露出了人类的白色皮肤。

鬼太看见白色皮肤的鬼岩，可能错认成了从小听到大的，故事里可怕的桃太郎。

杀死鬼太后，鬼岩跌坐在地，久久凝视着大刀。老鸥看到这里，慢慢飞离了岛屿。谁也不知道鬼岩后来怎么样了。

总而言之，桃太郎打鬼的故事经过了几十年时间，总算是结束了。咱们猴族永远不用担心被鬼吃掉了。

真是可喜可贺，可喜可贺啊。

文治
磨铁图书旗下子品牌

更好的阅读

特约监制 潘　良　于　北

产品经理 烨　伊　韩　帅

特约编辑 叶　青

版权支持 冷　婷　郎彤童

营销编辑 金　颖

封面设计 609工坊

图书在版编目（CIP）数据

很久很久以前，在某一个地方……/（日）青柳碧人
著；吕灵芝译.—成都：四川文艺出版社，2021.12（2022.5重印）
ISBN 978-7-5411-6099-8

Ⅰ.①很… Ⅱ.①青… ②吕… Ⅲ.①短篇小说—小
说集—日本—现代 Ⅳ.① I313.45

中国版本图书馆 CIP 数据核字（2021）第 169321 号

MUKASHI MUKASHI ARUTOKORO NI, SHITAI GA ARIMASHITA.
© Aito Aoyagi 2019
All rights reserved.
Original Japanese edition published in Japan in 2019 by Futabasha Publishers Ltd., Tokyo.
Simplified Chinese translation version published by Beijing Xiron Books Co., Ltd.
Under licence from Futabasha Publishers Ltd.

版权登记号：21-2021-227

HENJIUHENJIU YIQIAN, ZAI MOUYIGE DIFANG

很久很久以前，在某一个地方……

［日］青柳碧人 著 吕灵芝译

出 品 人　张庆宁
策划出品　磨铁图书
责任编辑　邓　敏
特约监制　潘　良　于　北
产品经理　烨　伊　韩　帅
封面设计　609 工坊
责任校对　汪　平

出版发行　四川文艺出版社（成都市槐树街 2 号）
网　　址　www.scwys.com
电　　话　010-82068999（发行部）　　028-86259303（编辑部）
传　　真　028-86259306

印　　刷　河北鹏润印刷有限公司
成品尺寸　125mm×185mm　　开　本　32 开
印　　张　7.5　　　　　　　　字　数　130 千
版　　次　2021 年 12 月第一版　印　次　2022 年 5 月第三次印刷
书　　号　ISBN 978-7-5411-6099-8
定　　价　45.00 元